MEIKE WERKMEISTER

Sterne glitzern auch im Schnee

GOLDMANN

Meike Werkmeister

Sterne glitzern auch im Schnee

Ein kleiner Winterroman

GOLDMANN

Sollte diese Publikation Links auf Webseiten Dritter enthalten, so übernehmen wir für deren Inhalte keine Haftung, da wir uns diese nicht zu eigen machen, sondern lediglich auf deren Stand zum Zeitpunkt der Erstveröffentlichung verweisen.

Annis illustrierte Weihnachtssprüche gibt es als Postkarten oder Poster zu bestellen unter: www.hausnr26.de

MIX
Paper | Supporting responsible forestry
FSC® C004378
FSC www.fsc.org

Penguin Random House Verlagsgruppe FSC® N001967

1. Auflage
Originalausgabe September 2022

Dieses Werk wurde vermittelt durch die Literarische Agentur Michael Gaeb.
Umschlaggestaltung: UNO Werbeagentur, München
Umschlagmotiv: FinePic®, München
Innenseiten und Anhang: FinePic®, München
Illustrationen: © Renata Wolff, »Haus Nr. 26«
Autorinnenfoto: © Ulrike Schacht
LS · Herstellung: ik
Satz: Uhl + Massopust, Aalen
Druck und Bindung: PBtisk, a.s., Pribam
Printed in Czech Republic
ISBN: 978-3-442-49371-5

www.goldmann-verlag.de

Für Almuth

EINE UMARMUNG IST WIE
LAMETTA FÜR DIE SEELE.

Es geschah auf unserer dritten Weihnachtsfeier in diesem Advent. Wir waren bei einer Kollegin von Thies eingeladen, deren Wohnzimmer ein bisschen aussah wie ein Geschäft für Christbaumdeko. Der ganze Raum glitzerte und funkelte, und über jedem Türrahmen baumelte ein Mistelzweig. Ich spürte schon den ganzen Abend diese Unruhe in mir. Eigentlich musste ich noch an den Schreibtisch. Eigentlich hatte ich zu viel zu tun für Glühweingespräche über Familientraditionen an Heiligabend.

Ich beteiligte mich gerade halbherzig an einer Diskussion über die Frage »Fondue oder Würstchen mit Kartoffelsalat?«, als mein Blick auf Thies fiel. Er unterhielt sich mit zwei Kollegen, die bereits rote Lippenränder vom Cranberrypunsch hatten und sich über irgendetwas kaputtlachten. Thies stand milde lächelnd dabei, ein Glas Wasser in der Hand. Ich sah an ihm herunter und dachte: Seine Jeans sitzen lockerer als sonst. Die Gastgeberin kam gerade mit einem Teller frisch gebackener Vanillekipferl vorbei und blieb vor Thies' Gruppe stehen. Die anderen griffen zu, mein Freund winkte dankend ab.

Unsere Blicke trafen sich. Ich hob sachte die Augenbrauen. Er verzog sein Gesicht zu einem schrägen Lächeln und fasste sich mit einer Hand an den Oberbauch. Ich schob mitleidig die Unterlippe vor. Er machte eine kurze Kopfbewegung in Richtung Haustür, und ich nickte.

Minuten später liefen wir durch den nebligen Dezemberabend nach Hause. Die Luft war so feucht, dass sich kleine Tropfen in den Strähnen meines Pagenkopfes sammelten, die vorne aus dem Strickstirnband herausschauten. Thies griff nach meinem langen Mantelärmel und tastete darin nach meiner Hand.

»Wir hätten gern noch bleiben können«, sagte ich und umschloss seine Finger, die wie immer herrlich warm waren.

»Och, mir war auch eher nach Sofa.« Er grinste hinter seinem riesigen gestreiften Wollschal hervor, den seine Mutter Mo ihm letzte Weihnachten gestrickt hatte. Ob sie ihm dieses Jahr eine passende Mütze schenken würde? Oder beglückte sie uns wieder mit einem ihrer Ölgemälde, das sie wie jedes Mal mit dem Hinweis überreichen würde, es passe perfekt über unser Sofa? Bekamen wir überhaupt etwas geschenkt, da sie in diesem Jahr erstmals nicht mit uns feierte?

»Was ist mit deinem Bauch?«, fragte ich Thies, der angefangen hatte, *Last Christmas* mitzusummen, das von einem Schmalzkuchenstand an der Straßenecke zu uns herüberklang.

Er unterbrach sein Summen. »Ich will gerade mal den Zucker weglassen.«

Ich prustete los. Thies blieb stehen und sah mich

empört an. Ich stellte mich auf die Zehenspitzen und drückte ihm noch immer lachend einen Kuss auf seinen weichen Mund, wobei wir beide einen kleinen Stromschlag bekamen.

Ich küsste ihn erneut, diesmal ohne Stromschlag, und sagte: »Entschuldige, aber du weißt schon, dass in acht Tagen Weihnachten ist?«

»Für so etwas ist nie der richtige Zeitpunkt.« Er klang eingeschnappt.

»Aber ein bisschen bessere gibt es schon. Schließlich ist nur einmal im Jahr Weihnachten.« Ich schob meine kleine kalte Hand zurück in seine große warme und zog ihn weiter. »Ich würde jedenfalls ungern auf deine Zimtsterne verzichten.«

»Ich back dir welche.«

»Und die Unmengen an, na ja, sagen wir, etwas fest geratenen Lebkuchen, die Mo uns dagelassen hat, kann ich auch nicht alle alleine essen.«

»Ich nehme welche mit ins Büro.«

Ich wollte wieder lachen, als mir bewusst wurde, dass er es ernst meinte. Mein gemütlicher Genießerfreund, für den ein ganz normaler Mittwoch Anlass genug war, uns ein Dreigängemenü zu zaubern, und für den die Weihnachtszeit mit ihren Versuchungen die schönste Saison des Jahres war – er wollte auf Zimtsterne und Lebkuchen verzichten?

Wir bogen von der Hauptstraße in eine ruhigere Nebenstraße des Bremer Viertels ab, in dem wir seit einem Jahr wieder Vollzeit zusammenwohnten. Thies war zuvor zwei Jahre nach Berlin gependelt. Früher war dies das Studentenviertel der Stadt gewesen, und noch immer gab es jede Menge Kneipen und Cafés in Fußnähe. Aber die hübschen Bremer Altbauten in den Kopfsteinpflastergassen waren dank Gentrifizierung fast nur noch von Leuten bewohnt, die das Studium lange hinter sich hatten. Wie wir.

»Wann fliegt Mo eigentlich?«, versuchte ich das Thema zu wechseln.

Thies stöhnte leise auf. Er hatte mit der Sache noch keinen Frieden gemacht, auch wenn er es nicht zugeben wollte. »Überübermorgen, glaub ich.«

»Fährst du noch mal hin?«

»Ja, ich muss, eine der Rollen an ihrem Koffer klemmt.«

Wir kicherten beide.

Die Pflastersteine unserer schmalen Straße glänzten feucht im Laternenlicht. Vergnügt ließ ich den Blick über die Häuser wandern, an denen wir vorbeiliefen. Einige unserer Nachbarn hatten leuchtende Rentiere im Vorgarten stehen, bei Herrn Meyerhoff waren Lichterketten um die efeuumrankten Treppengeländer geschlungen. Familie Siemers hatte die Fensterrahmen mit blinkenden Girlanden geschmückt. Es sah ein wenig aus wie in einer Coca-Cola-Werbung, ein bisschen too much, aber trotzdem wunderschön, und mir wurde ganz feierlich zumute.

Nur unser kleines Häuschen lag still und ungeschmückt im Dunkeln da. Thies hatte seit dem ersten Dezember gesagt, er würde die Dekoration bald aus dem Keller holen. Bisher hatte ich mir darüber keine Gedanken gemacht, aber so langsam wunderte es mich doch, dass es bei der Ankündigung geblieben war. Sogar in den Jahren, in denen er unter der Woche in Berlin gelebt hatte, hatte er als einer der Ersten in unserer Straße die Lichterketten aufgehängt.

Wir traten durch unser quietschendes Vorgartentörchen. Ich drehte mich zu Thies und umfasste sein Gesicht, das er eindeutig länger als drei Tage nicht rasiert hatte, mit beiden Händen.

»Alles okay bei dir?«, fragte ich sanft und sah ihn eindringlich an.

Er beugte sich ein Stück zu mir runter und stupste mit seiner Nase gegen meine. »Ja, wieso?«

»Na, du bist doch mein Weihnachtself.« Ich strich ihm über die stoppeligen Barthaare. »Hab ich recht, dass du in diesem Jahr nicht richtig in Weihnachtsstimmung bist?«

Er stupste erneut mit seiner Nase gegen meine. »Ich häng die Sachen am Wochenende auf, versprochen.« Er küsste mich, und wir gingen rein ins Warme.

Im Flur streiften wir die Mäntel und Schuhe ab, und ich schlüpfte in die Rentierhausschuhe, die ich mal beim Schrottwichteln in meiner alten Firma bekommen hatte und jedes Jahr in der Adventszeit hinten aus dem Schrank holte. Das Erdgeschoss unseres Häuschens bestand aus einem einzigen großen Raum, in dem sich die Küche, ein Esstisch, ein großes Sofa und mein Arbeitsplatz befanden. Weil Thies bisher nicht dekoriert hatte, hatte ich vor ein paar Tagen auf den Fensterbänken und Tischen einige Kerzen verteilt, die ich nun anzündete. Thies kramte in der Küche herum, es sah fast so aus, als wolle er noch backen.

Ich holte mir ein Glas Wasser und setzte mich damit an meinen vollgestellten Flohmarkt-Schreibtisch. Zwischen Notizbüchern und Emaillebechern mit Stiften und Pinseln lagen die ersten Entwürfe für einen Adventskalender mit illustrierten Sprüchen, Rezepten und Bastelanleitungen. Auch wenn er erst im nächsten Winter erscheinen sollte, musste ich noch vor Weihnachten erste Illustrationen beim Verlag vorlegen. Da im Advent auch mein Onlineshop für Karten, Poster und Prints brummte, kam ich kaum hinterher. Umso dankbarer war ich Thies, dass wir uns so früh von der Feier verabschiedet hatten und ich nun noch etwas arbeiten konnte.

Gelegentlich hatte ich den Eindruck, meine Kreativität wäre eine Fledermaus. Sie kam oft erst raus, wenn es dunkel wurde, vor allem zu dieser Jahreszeit, wenn von draußen die Weihnachtsbeleuchtung der Nachbarn durch die Fenster schien. Thies saß dann entweder mit Kopfhörern vor dem Fernseher, oder er beantwortete noch Mails oder bereitete wie jetzt gerade etwas in der Küche vor, wobei er leise vor sich hin summte. Manchmal kam er vorbei und stellte mir mit einem Augenzwinkern einen Tee neben den Computer oder massierte kurz meine Schultern. Und ich saß hier und zeichnete friedlich vor mich hin. Niemand rief an um diese Zeit. Niemand wollte etwas von mir. Es gab nur mich und meine Ideen.

Gerade als ich ein kleines Rentier skizzierte, an dessen Geweih Lichterketten hingen, hörte ich es. Acht Tage vor Weihnachten, an einem ganz normalen Wochentag, während draußen der Dezembernebel über die Bürgersteine kroch. Da klopfte jemand an unserer Tür.

Thies reagierte zuerst und lief zur Haustür. Er wechselte ein paar Worte mit jemandem. Kalte Luft zog ins Wohnzimmer.

»Anni?«, rief Thies aus dem Flur. »Kommst du mal?«

Etwas missmutig entknotete ich meine Beine, schlüpfte wieder in die Plüschpantoffeln und schlurfte zur Haustür. Thies hatte kein Licht angemacht, sodass ich nur seine große Silhouette im Dunkeln sah und dahinter an der Türschwelle eine kleinere, schmalere Gestalt. Sie bewegte sich, und das Außenlicht sprang an.

Da stand ein junges Mädchen in einem Militärparka, einen fusseligen Schal um die untere Gesichtshälfte geschlungen, einen Gitarrenkoffer auf dem Rücken. Ihre Haare waren schwarz gefärbt, die Augen dunkel geschminkt, weshalb ich einen Moment brauchte, um sie zu erkennen.

»Hi Anni«, sagte sie in ihren Schal hinein.

»Morlen!« Ich lief auf die Tochter meiner besten Freundin zu und umarmte sie, was ihr offensichtlich unangenehm war. *Dreizehnjährige nicht einfach umarmen,* notierte ich innerlich, *nicht mal, wenn du sie kennst, seit sie klein waren*. Laut sagte ich: »Komm rein, es ist kalt.«

Ich winkte sie zu Thies und mir in den Hausflur. Sie kam hinter uns her und stellte ihre Gitarre und eine abgewetzte Sporttasche neben meine Sneakers-Sammlung und Thies' gute Lederschuhe für die Arbeit.

»Erzähl, was machst du hier?« Ich nahm ihr den Parka und den Schal ab und warf beides über die Garderobe.

»Willst du was Warmes? Du siehst halb erfroren aus.« Thies war schon auf dem Weg in die Küche.

Ich schob Morlen ins Wohnzimmer, wo sie sich unauffällig umsah. Sie war vor einiger Zeit einmal mit ihrer Mutter Maria hier gewesen. Eigentlich lebte sie bei ihrem Vater Jan in Düsseldorf, aber ich sah sie regelmäßig im Sommer auf Norderney, wo Maria wohnte. Jedes Mal, wenn ich Morlen begegnete, staunte ich, wie sehr sie sich seit dem letzten Treffen verändert hatte. In diesem Alter reichten manchmal wenige Monate, um aus einem süßen kleinen Mädchen einen Teenager mit Hautproblemen zu machen. Bei Morlen war die Sache bisher glimpflich verlaufen. Sie hatte die großen braunen Augen und die langen Arme und Beine ihres Vaters geerbt – was dazu führte, dass sie in ihrem ausgeleierten Strickpulli und den löchrigen Leggings etwas Rockstarhaftes an sich hatte.

Ich ließ mich aufs Sofa plumpsen. »Setz dich doch. Magst du was trinken?«

»Ich mache uns einen Tee.« Thies kramte in seiner Teeschublade.

Morlen stand noch immer mit skeptischem Blick in unserem Wohnzimmer und zog die Ärmel ihres Pullis lang. Schließlich setzte sie sich ganz außen auf die Sofakante.

»Das ist ja eine Überraschung!« Ich lächelte ihr aufmunternd zu. »Was machst du in Bremen?«

Sie schaute mich zum ersten Mal direkt an. »Bin auf dem Weg nach Norderney«, nuschelte sie. »Zug ist ausgefallen. Kann ich hier pennen?«

»Klar, sicher, kein Problem.«

Morlen erwiderte mein Lächeln nicht.

»Weiß Maria, was los ist? Sollen wir ihr kurz Bescheid geben?« Ich schaute auf die Uhr über dem Kühlschrank. Es war kurz nach zehn. Nicht zu spät, um bei Maria anzurufen. Aber viel zu spät, um noch nach Norderney zu kommen, ob mit oder ohne ausgefallenen Zug.

»Mama und Papa wissen Bescheid.« Morlen schaute zu Boden und knibbelte an einem Loch in ihren Leggings herum. Sie war viel zu dünn angezogen für die Temperaturen. Aber das sagte ich nicht laut, nach der Sache mit der Umarmung wollte ich mich nicht komplett unbeliebt machen.

»Ist meine Weihnachtsmischung, ich hoffe, das schmeckt dir.« Thies stellte eine nach Zimt und Nelken duftende Kanne und drei Becher vor uns hin. »Ich backe gerade Kekse. Hast du Lust mitzumachen?«

Morlens Blick wanderte zu ihren kurzen Nägeln, auf denen Reste von schwarzem Nagellack klebten.

»Hast du vielleicht Hunger?«, fügte ich hinzu und kam mir langsam vor wie meine Großtante früher, die uns bei unseren Besuchen mit Aufmerksamkeit überschüttet hatte. »Oder willst du noch etwas gucken? Also … wir haben auch die üblichen Streamingdienste, falls du gerade eine Serie schaust.« Gott, ich klang alt.

Morlen ließ ihre schmalen Schultern noch ein Stück weiter nach vorn sinken. »Ich bin eigentlich müde.«

Ich sah zu Thies und dann wieder zu Morlen. »Also … du könntest hier auf dem Sofa schlafen … oder im Souterrain, da hast du deine Ruhe und ein eigenes kleines Bad. Aber ich weiß nicht, ob du dich da allein fürchtest?«

»Nö.« Sie zog wieder die Pulliärmel lang. »Dann da.«

»Okay.« Ich stand auf. »Und du willst sicher nichts essen oder trinken?«

Sie schüttelte den Kopf.

Ich lief nach oben, um Bettzeug aus dem Schlafzimmerschrank zu holen. Von unten hörte ich Thies, der wieder in der Küche werkelte und vor sich hin summte. Wie lieb, dass er jetzt noch backte. Bestimmt, weil ich mir Zimtsterne gewünscht hatte. Während ich eine Decke, ein Kissen und Bezüge aus dem obersten Schrankfach nahm, grübelte ich über diesen überraschenden Besuch nach. Morlen und ich hatten immer einen guten Draht zueinander gehabt, und auch Thies und sie kamen prima miteinander klar. Aber dass sie hier einfach so unangekündigt vor unserer Tür stand, das war doch ziemlich ungewöhnlich.

Ich bezog das Gästebett im Untergeschoss und zeigte Morlen alles. Dann wünschte ich ihr eine gute Nacht, und sie verschwand im Bad. Als ich wieder ins Wohnzimmer kam, knetete Thies gerade Teig. Er drehte sich mit einem fragenden Gesichtsausdruck zu mir um.

Ich lehnte mich schulterzuckend neben ihn an den Kühlschrank. »Ich bin genauso ratlos wie du.«

Er hielt mitten im Kneten inne. »Es ist Donnerstag. Sie muss doch bestimmt morgen zur Schule.«

»Stimmt.« Ich strich mir eine Haarsträhne hinters Ohr. »Es sind noch keine Ferien, oder?«

»Nein, ich hab schon nachgesehen, die beginnen erst in einer Woche.« Thies wischte klebrige Teigreste von seinen Fingern. »Hast du Maria schon angerufen?«

»Das mach ich jetzt.« Ich holte das Handy aus der Brusttasche meiner Latzhose und wählte ihre Nummer.

»Du bist aber spät dran«, meldete sich meine Freundin mit ihrer lauten Stimme. »Ich wollte gerade ins Bett.«

»Sorry, ging nicht anders. Sag mal, weißt du, dass Morlen bei uns ist?«

Thies schob mich sanft ein Stück zur Seite, weil er an eine Schublade musste.

Einige Sekunden herrschte Stille am anderen Ende. »Wie bitte? Was … wieso?«

»Oh! Sie meinte, du und Jan wüssten Bescheid. Sie sagte, dass sie auf der Durchreise zu dir wäre und der Zug ausgefallen ist.«

Eine Etage tiefer wurde ein Wasserhahn auf- und wieder zugedreht. Dann schloss sich die Tür zum Gästezimmer.

»So ein Quatsch, sie kommt doch erst nächste

Woche.« Maria atmete laut in den Hörer. »Jan hat vorhin angerufen. Er meinte, sie hätten sich gestritten und Morlen wollte daraufhin heute bei einer Freundin übernachten.« Sie schnalzte mit der Zunge. »Was macht die denn für Sachen?«

»Keine Ahnung, sie war nicht gerade gesprächig.«

Maria stöhnte wissend auf. »Frag mich mal.« Sie überlegte einen Moment. »Ich bespreche mich mit Jan, und dann holt einer von uns sie morgen ab, ja?«

»Alles klar.«

Thies wischte um mich herum Mehl von der Arbeitsfläche.

»Ich danke dir, du bist die Beste. Melde dich, wenn etwas ist, okay? Und Anni …«

»Ja?«

»Morlen ist gerade superkompliziert mit Essen und überhaupt allem. Mach dir keinen Stress damit, ja? Im Notfall tut es immer ein Toast mit Butter.«

»Okay.«

Wir legten auf. Ich amüsierte mich insgeheim über Marias Ratschlag zum Schluss. Da haute ihre Tochter von zu Hause ab, und das Erste, worum sie sich sorgte, war, dass sie bei uns verhungern könnte.

»Sie holen sie morgen ab.« Ich schlang von hinten die Arme um Thies. »Du bist schmaler geworden«, sagte ich in seinen warmen Rücken hinein.

»Pfffft«, machte er. »Das wäre schön. Dann wirkt der Zuckerverzicht offenbar.«

»Du weißt, jedes Gramm an dir ist wertvoll für mich.«

Sein Bauch bebte leicht unter meinen Armen, weil er lachen musste. Er drehte sich zu mir und küsste mich sanft. »Du bist süß.«

Kurze Zeit später duftete das ganze Haus herrlich nach frisch gebackenen Keksen, und ich schaffte es doch noch, ein bisschen zu arbeiten. Von Morlen sahen und hörten wir an diesem Abend nichts mehr.

SIEBEN TAGE VOR WEIHNACHTEN

JEDER SCHNEEMANN BEGINNT MIT EINER Flocke.

Als ich am nächsten Morgen aus dem Fenster sah, traute ich meinen Augen kaum. Es hatte über Nacht geschneit. Unser Vorgarten war von einer zarten weißen Puderschicht bedeckt. Herr Meyerhoff von nebenan schippte mit kratzenden Geräuschen den Gehweg vor seinem Haus. Ein paar Nachbarskinder mit Schulranzen auf dem Rücken steckten sich gegenseitig kalte Klumpen in den Nacken. Schnee so kurz vor Weihnachten – das brachte selbst einen Morgenmuffel wie mich zum Lächeln.

Ich lief ins Bad und schlüpfte in meine Weihnachtshausschuhe, die ich dort gestern ausgezogen hatte. Dabei fiel mein Blick auf mein Gesicht im Spiegel. Unter meinen Augen lagen dunkle Schatten, und ich sah blass aus, weil ich viel zu selten vor die Tür ging vor lauter Arbeit. Auf meiner schmalen Nase tanzten um diese Jahreszeit keine Sommersprossen mehr. Als würden sie sich verstecken bis zum Sommer, wenn sie mit einer Polonaise zurückkehrten, über mein ganzes Gesicht. Ich versuchte, meine verknoteten Haare wieder zu einem Pagenkopf zu kämmen. Dann stieg ich die knarrenden alten Stufen hinunter.

Morlen saß schon am Frühstückstisch. Vor sich

einen großen Teller Pancakes mit Speck, die sie in sich hineinschaufelte, als hätte sie seit Tagen nichts gegessen. So viel zum Thema »superkompliziert mit Essen«. Thies stand am Herd und schöpfte neuen Teig in die brutzelnde Pfanne.

»Guten Morgen, ihr zwei.« Ich lächelte Morlen zu, die dies halbherzig erwiderte, und küsste dann meinen Freund, der zu meiner Überraschung seine Schluffi-Jogginghose trug.

Er bemerkte meinen Blick. »Die haben vorhin eine Rundmail geschickt. Wer mag, darf Homeoffice machen, Verkehrschaos bei den Öffis.«

Ich lachte. »Winter in Bremen. Anderthalb Zentimeter Schnee, und alles bricht zusammen.«

Thies lachte mit. Morlen schaufelte weiter Pancakes in sich hinein. Sie hatte sich bereits angezogen, fiel mir auf. Die löchrigen Leggings von gestern Abend, nur der Pulli war einem Nirvana-Longsleeve gewichen.

»Hast du alles gefunden?«, fragte ich. »Ich hab dir Handtücher hingehängt.«

»Hm.« Morlen sah nicht von ihrem Teller auf. Am Ansatz schimmerte es mittelblond durch das schwarz gefärbte Haar. Sie hatte es unordentlich zu einem Zopf zusammengebunden. Geschminkt hatte sie sich noch nicht, was sie gleich viel kindlicher wirken ließ.

»Hier kommen deine.« Thies stellte einen Teller mit einem Pancake-Turm vor mich auf den Tisch. So opulent frühstückten wir sonst nie unter der Woche, aber ich fand es süß, dass sich Thies unserem Gast zuliebe solche Mühe machte.

Ich probierte und schloss genüsslich die Augen. »Megagut, danke!«

Thies drehte sich geschmeichelt grinsend um. »Sehr gern geschehen.«

In der Mitte des Tisches stand das Blech mit den Keksen, die er gestern noch gebacken hatte. Es waren keine Zimtsterne, sondern runde dunkle Klumpen – offenbar ein neues Rezept. Ich konnte nicht widerstehen und griff nach einem.

»Die schmecken nicht«, sagte Morlen ungerührt, ohne den Blick zu heben.

»Hey!« Thies räusperte sich. »Das verletzt meine Gefühle.«

Morlen verzog das Gesicht. »Verletzt es sie weniger, wenn ich lüge?«

Ich sah überrascht zwischen den beiden hin und her und steckte mir dann den Keks in den Mund. Er war ungewöhnlich fest und schmeckte nach irgendeinem Gewürz, das ich nicht sofort benennen konnte. Ich merkte, dass Thies mich beobachtete, während ich kaute.

»Schmeckt gesund«, sagte ich. Und musste sehr gründlich gekaut werden. Beinahe hätte ich mich verschluckt.

»Tonkabohnen-Buchweizen-Shortbread.« Thies wendete mit einer schwungvollen Handbewegung einen weiteren Pancake in der Pfanne. »Ohne Zucker, die darf ich also auch essen.«

»Ich übernehme gleich mal«, sagte ich und schob mir ein Stück Pfannkuchen in den Mund, der herrlich fluffig war. »Du sollst auch was frühstücken.«

»Hab ich schon«, antwortete er und stellte die Pfanne wieder ab. »Ich bin schon länger wach als ihr.«

In diesem Moment klingelte mein Handy. Ich hatte Maria erwartet, die mir sagen wollte, dass sie oder Jan sich auf den Weg machten, aber es war meine Quasischwiegermutter Monika, die alle nur Mo nannten.

»Kannst du reden?«, raunte sie verschwörerisch in den Hörer.

Ich schluckte ein weiteres Stück Pancake herunter. »Guten Morgen.«

»Sag Thies, er soll heute nicht kommen, zu gefährlich bei dem Wetter.«

Ich lachte auf. »Mo, das bisschen Schnee da draußen ist bestimmt bald geschmolzen.«

»Es soll weiterschneien, außerdem hat Dieter den Rollkoffer bereits repariert. Wegen der Geschenke schauen wir noch mal, sonst kriegt ihr die nach den Feiertagen.«

»Sehen wir uns nicht mehr vor eurer Reise?« Ich bemerkte, dass Thies bei meiner Frage den Kopf vom Herd zu mir gedreht hatte. Auch Morlen hob interessiert den Blick.

Aber Mo ging nicht auf meine Frage ein. »Kannst du mal in einen anderen Raum gehen? Ich will mit dir über Thies' Geschenk reden.«

»Du weißt schon, dass er nicht mehr an den Weihnachtsmann glaubt.« Ich tat ihr den Gefallen und stand mit sehnsüchtigem Blick auf meinen Pancake-Teller auf. »Dann leg los«, sagte ich, oben im Schlafzimmer angekommen.

»Anni, ich mach mir Sorgen.«

»Weshalb?« Ich stellte mich ans Fenster und sah hinaus. Mo hatte recht. Es hatte wieder angefangen zu schneien.

»Thies hat mir gesagt, was er sich in diesem Jahr von meinem Weihnachtsgeld kaufen will.«

»Und?« Ich betrachtete eine Schneeflocke, die außen an der Scheibe herunterrutschte.

»Anni, er wünscht sich ein Sportdings.«

»Ein was?«

»Ein Gerät, mit dem er zu Hause Sport machen kann.«

»Das musst du missverstanden haben.« Ein Streuwagen fuhr im Schritttempo durch unsere Straße.

»Nein, er hat es mir auf dem Handy gezeigt. Man rudert damit.«

Da fiel mir etwas ein. Wir waren neulich bei Freunden gewesen, bei denen ein Rudergerät im Arbeitszimmer stand, das aussah wie ein Designgegenstand. Thies hatte sich interessiert danach erkundigt, was ich für Höflichkeit gehalten hatte.

»Das ist wirklich merkwürdig«, sagte ich zu Mo.

»Und er hat abgenommen.«

»Ich weiß.«

»Geht es ihm gut?«

»Ich glaube eigentlich schon. Vielleicht ist es eine Midlife-Crisis.«

»Gott behüte! Die hatte sein Vater auch, und dann hat er mich verlassen.«

Ich lachte. »Bitte nicht so dramatisch, Mo! Er hat

sich ein Rudergerät zu Weihnachten gewünscht, kein Abo für den Swingerclub.«

»Das kommt als Nächstes, warte es ab.« Jetzt lachte auch sie schallend. Dann fügte sie hinzu: »Versuch doch zu verhindern, dass er dieses Monstrum wirklich bestellt, ja? Das passt doch bei euch nirgends hin. Kauft euch lieber mal ein neues Sofa.«

»Was ist mit unserem Sofa?«

Sie ging auch auf diese Frage nicht ein. »Eine Überraschung bekommt ihr auch noch. Wenn das Wetter es zulässt.«

Als ich wieder runterkam, saß Morlen auf unserem gemütlichen, leicht ausgesessenen Cordsofa und tippte auf ihrem Handy herum. Neues Sofa, dachte ich. Von wegen.

Thies hatte seinen Laptop auf dem Esstisch aufgeklappt. »Maria hat mich gerade angerufen, weil bei dir besetzt war. Sie kann noch nicht losfahren wegen des Schnees.«

Ich schüttelte den Kopf. »Alle drehen durch.« Dann wandte ich mich an Morlen. »Was machen wir denn jetzt mit dir? Hast du was zu … lernen dabei?« Beinahe hätte ich »spielen« gesagt.

Sie sah mich an, als hätte ich den Verstand verloren. Dann hielt sie ihr Handy hoch, das in einer Glitzerhülle steckte, die nur ironisch gemeint sein konnte. »Ich schreib mit meinen Freundinnen.« Und schon tippte sie weiter.

Ich überlegte einen Moment, ob das ihren Eltern so

recht wäre oder ob ich ihre Bildschirmzeit irgendwie begrenzen müsste. Dann beschloss ich aber, dass mich das nichts anging, und setzte mich mit dem Rest meines Frühstücks an meinen Schreibtisch.

Das Arbeiten fiel mir deutlich schwerer, als ich gehofft hatte. Thies war ständig in irgendwelchen Calls. Morlen beschwerte sich lautstark über die schlechte WLAN-Verbindung, nahm kryptische Sprachnachrichten auf oder schaute sich Videos an, die mit anstrengender Musik unterlegt waren. Als wäre das nicht genug, schickte Maria alle halbe Stunde Updates darüber, wie schlecht die Verkehrsbedingungen nach wie vor waren.

Nun vermisste ich doch mein Atelier. Bis vor einem halben Jahr hatte ich in einem Gartenschuppen eine Straße weiter gearbeitet, den ich mir richtig hübsch hergerichtet hatte. Mein damaliger Vermieter Herr Jensen war mittlerweile für uns alle nur noch »Dieter« – und Mos Lebenspartner. Er war im letzten Sommer zu ihr nach Worpswede gezogen und hatte sein Haus an eine Familie vermietet, die »mein« Gartenhäuschen als Spielschuppen nutzen wollte. Und so hatten wir meinen mintgrün lackierten Flohmarkt-Schreibtisch zurück in unser eigentlich zu kleines Wohnzimmer geschleppt. Seitdem musste mein großer Freund erneut um die Entwürfe herumbalancieren, die ich auf dem Dielenboden ausbreitete. Ich hatte mich schnell wieder daran gewöhnt, auch weil ich dann wie heute in Schlafanzug und Pantoffeln direkt an den Rechner schlappen konnte. An Tagen, an denen Thies erst abends aus dem Büro kam, fühlte ich mich nicht zu eingeengt hier. Aber heute war eindeutig zu viel los.

Gegen Mittag meinte Morlen zur x-ten Nachricht ihrer Mutter: »Warum machen die sich denn so einen Stress? Dann bleib ich halt bis morgen.«

Ich betrachtete seufzend meinen vollen Schreibtisch, stimmte ihr aber zu. Das war wohl das Beste.

Den Rest des Tages versuchte ich vergeblich, etwas Arbeit zu erledigen. Morlen bewegte sich nur einmal vom Sofa weg, um ins Bad zu gehen. Thies schmierte uns zwischen seinen Calls Brote.

Als es draußen bereits dämmerte, stand Morlen auf einmal in Parka und Schuhen vor mir, den Gitarrenkoffer über der Schulter. »Ich geh mal raus.«

Ich blickte auf ihre ausgelatschten Chucks. »In den Schuhen hast du doch sofort nasse Füße.«

Sie machte ein grunzendes Geräusch. »Bis dann.«

Thies und ich sahen uns an. Als die Haustür ins Schloss fiel, fragte er mich: »Dürfen wir sie einfach so gehen lassen?«

»Wir können sie ja auch nicht einsperren.«

Er zupfte mit ernster Miene an einer Bartstoppel. »Nicht dass sie Drogen kauft oder so.«

Ich musste grinsen. »Ich mache mir eher Sorgen, dass sie sich die Zehen abfriert.«

Thies grinste zurück. »Soll ich ihr nachspionieren?«

»Die ist längst über alle Berge.« Ich klopfte ihm aufmunternd auf die Schulter. »Sie kommt aus einer

Großstadt und hat ein Handy, vermutlich findet sie sich bestens zurecht.«

Nach einer Stunde schaffte ich es allerdings auch nicht mehr, mir einzureden, dass ich total entspannt mit der Lage umging. Wo ist Morlen nur hin, fragte ich mich, während ich etwas halbherzig eine neue Schrift für eine Illustration ausprobierte. Die Tatsache, dass sie von Düsseldorf allein hierhergekommen war, drei Stunden mit dem Zug, ohne ihren Eltern Bescheid zu sagen, zeugte von einer gewissen Coolness. Oder Verzweiflung. Bisher hatte ich gedacht, das Ganze sei nicht mein Problem. Hatte damit gerechnet, dass Maria jeden Moment vor der Tür stehen und sie mitnehmen würde und damit auch das, was das Mädchen beschäftigte, aus dem Haus wäre. Denn was verstand ich schon von Teenagerproblemen oder Patchworkfamilien?

Thies und ich waren lupenreine Dinks – doppeltes Einkommen, keine Kinder – und damit die Exoten in unserem Freundeskreis. Ich liebte es, Maria und ihre Rasselbande zu besuchen. Jahre nach Morlen hatte sie mit ihrem Partner Simon noch Hannah und Fritz bekommen. Aber ich war auch immer wieder dankbar, in unser friedliches Zuhause zurückzukehren, in dem das Sofa, die Freizeitgestaltung und die Bettritze nur mir und Thies gehörten. Ich war also froh, wenn Maria ihren Teenager morgen wieder einpackte und ich endlich meine Entwürfe für den Adventskalender fertig machen konnte – und dieses Haus ein bisschen festlich schmücken. Schließlich waren es nur noch sieben Tage bis Heiligabend, und mein Weihnachtself war ganz offensichtlich in Streik getreten.

Nach anderthalb Stunden hielt ich es nicht mehr aus und rief Maria an. »Morlen ist rausgegangen.«

Sie lachte in den Hörer. »Das ist ja furchtbar.«

»Im Ernst, Maria, sie trägt ihre dünnen Chucks und keine Mütze.«

Maria prustete los. »Ich bin echt froh, dass du keine Kinder hast. Du hättest nicht die Nerven dafür.«

»Wem sagst du das?« Ich klemmte mir das Telefon zwischen Ohr und Schulter und schob einen Stapel Post beiseite.

Etwas klapperte in der Leitung, Maria räumte offenbar auch nebenbei auf. »Mach dir keine Sorgen, sie hat bestimmt nur frische Luft gebraucht. Sobald morgen früh alles gestreut ist, fahre ich los.«

»Muss sie denn gar nicht zur Schule?« Ich nahm das Handy wieder in die Hand.

»Haha.« Maria stöhnte auf. »Doch, natürlich.«

»Wird man da nicht von der Polizei abgeholt?«

»Du liest zu viele Krimis. Jan hat sie krankgemeldet.«

Thies machte sich einen Espresso, was extrem laut war, weil etwas mit der Mühle der Maschine nicht stimmte. Ich schirmte das Handy mit der Hand ab.

»Ich wundere mich echt, dass du so ruhig bleibst. Ich meine … Sie muss doch einen Grund gehabt haben, einfach so von zu Hause abzuhauen.«

»Sie will nicht mehr zur Schule.«

»Wie, gar nicht mehr?«

»Sie sagt, sie macht den Realschulabschluss und dann beginnt sie eine Ausbildung auf Norderney.«

»Hab ich mir doch gedacht, dass sie eines Tages zurückwill.«

Thies schwenkte eine Kaffeetasse vor meiner Nase, aber ich winkte ab.

»Aber doch nicht jetzt!«, entgegnete Maria aufgebracht. »Sie hat so viele Freundinnen in Düsseldorf, sie ist da richtig gut integriert. Vermutlich ist es ein Hormonschub oder wegen einem Kerl. Ich nehme sie jetzt erst mal über Weihnachten mit hierher, und dann klärt sich das schon wieder.«

Einen Moment schwiegen wir beide. Dann fragte ich: »Wann soll ich nach ihr suchen gehen?«

»Gar nicht, sie taucht bestimmt bald wieder auf.«

In diesem Moment hörte ich von draußen das Quietschen unseres Vorgartentörchens. »Ich glaube, sie ist da. Maria, ich melde mich wieder.«

Ohne ihre Reaktion abzuwarten, legte ich auf und eilte zur Haustür. Tatsächlich: Morlen kam mit verschränkten Armen die Stufen hoch. Auf ihrem Gitarrenkoffer und ihren Haaren lag eine nasse Schneeschicht. Gesicht und Hände waren rot, und sie zitterte am ganzen Leib.

»Komm schnell rein.« Ich schob sie in den Flur und schloss die Haustür.

Ich konnte sehen, dass ihre Finger zu kalt waren, um die Schnürbänder zu öffnen, doch noch ehe ich ihr helfen konnte, war sie einfach so aus den Chucks geschlüpft. Die Socken, die zum Vorschein kamen, waren klitschnass, wie befürchtet.

»Stell dich am besten unter die heiße Dusche«, sagte ich.

Schlotternd lief sie die Treppe runter. Wenig später hörte ich, wie das Wasser aufgedreht wurde.

Ich seufzte tief.

»Ich koche uns zum Abendessen einen schönen warmen Eintopf«, verkündete Thies.

Ich ging nach unten und suchte im Vorraum zum Gästezimmer nach meinen warmen Lammfellhausschuhen, die ich gerne trug, wenn nicht gerade die Rentierpantoffeln dran waren. Außerdem holte ich einen dicken Schurwollpulli und Thermoleggings von mir raus. Beides legte ich Morlen aufs Bett. Zu meiner Überraschung hatte sie das Bettzeug glatt gezogen. Auf dem Kopfkissen lag ihre abgeliebte Plüschkatze, die sie schon als kleines Mädchen gehabt hatte. So groß ist sie eben doch noch nicht, dachte ich und wollte zurück nach oben laufen, als ich ein Geräusch aus dem Bad vernahm.

Ich ging vorsichtig einen Schritt näher an die Badezimmertür, hinter deren beschlagenem Milchglasfenster ich erahnen konnte, dass Morlen sich gerade abtrocknete. Kurz war es still im Bad, dann hörte ich es wieder. Ein leises Schluchzen. Morlen weinte.

Als wir später Thies' dampfenden Eintopf löffelten, traute ich mich, sie zu fragen: »Wo warst du eigentlich vorhin?«

Morlen pustete auf ihren Löffel. Ihr Gesicht war

noch immer fleckig rot, vermutlich von der Kälte und vom Weinen. »In der Stadt.«

»Weihnachtsmarkt?« Thies rührte in seiner Schale, die nicht ganz so voll war wie unsere beiden. »Wir waren dieses Jahr noch gar nicht, Anni.«

Morlen schüttelte den Kopf.

Still aßen wir vor uns hin.

Doch Thies war offenbar noch nicht bereit aufzugeben. Beim Abräumen des Geschirrs schlug er vor. »Willst du noch ein Spiel mit uns spielen? Oder etwas fernsehen?«

»Bin müde.« Morlen half noch, den Tisch abzudecken, dann wandte sie sich zum Gehen. In der Tür drehte sie sich noch einmal um. Sie knibbelte an ihren Nägeln herum. »Du, Anni?«, fragte sie, und es klang ungewohnt kleinlaut.

»Ja?«

Ihre großen braunen Augen schimmerten im Licht der Kerzen. »Kann ich vielleicht noch einen Tag länger bleiben?«

Ich zögerte. »Du, das müsstest du mit Maria besprechen.«

Enttäuschung stahl sich auf ihr Gesicht. »Okay.«

»Willst du denn gar nicht zu deiner Familie?«

Ich konnte ihr ansehen, dass sie überlegte, mir eine Antwort zu geben, sich dann aber doch dagegen entschied.

Thies kam zu mir und legte einen Arm um mich. »Auf einen Tag mehr oder weniger kommt es doch nicht an.«

Ich drehte mich überrascht zu ihm.

Er fuhr sich durch den Bart. »Das sollte kein Problem sein, oder, Anni?«

»Nein, eigentlich nicht«, antwortete ich stockend.

Morlen nickte leicht. »Cool.«

Dann machte sie sich auf den Weg nach unten.

»Du bist ein guter Mensch.« Ich schlang beide Arme um Thies.

»Ich glaube, es ist kein Zufall, dass sie zu uns gekommen ist«, murmelte er nachdenklich in meine Haare. »Und ich finde, wir sollten diese Aufgabe ernst nehmen.«

Ich legte den Kopf in den Nacken und grinste ihn an. »Da ist er ja, dein Weihnachtsspirit.«

Seine vollen Lippen verzogen sich zu einem Lächeln. »Wenn du es so nennen willst.«

Bevor ich mich an den Schreibtisch setzte, um endlich etwas Arbeit aufzuholen, lauschte ich noch einmal nach unten. Leise Musik drang aus Morlens Zimmer. Zuerst dachte ich, ich hätte mich verhört. Aber dann war ich sicher: Es war eindeutig Weihnachtsmusik.

SECHS TAGE VOR WEIHNACHTEN

Die schönsten

Geschenke

macht dein

Maria war die lässigste Mutter, die man sich vorstellen kann, und sofort einverstanden, dass Morlen noch etwas bei uns blieb. Wir hätten ohnehin nicht wirklich eine Wahl gehabt, weil es über Nacht weitergeschneit hatte und in ganz Norddeutschland noch immer Verkehrschaos herrschte. Mo hatte heute Morgen schon angerufen und lamentiert, wenn das so weiterginge, könnten sie und Dieter nicht nach Florida fliegen, weil sie es nicht bis zum Bremer Flughafen schaffen würden.

Ich hatte am Abend noch lange gezeichnet und war daher wie so oft nicht gut aus dem Bett gekommen. Verschlafen ging ich runter und fand Thies bereits am Computer.

Als er mich bemerkte, stand er wortlos auf und reichte mir seine Kaffeetasse mit einem Kuss, wie er das manchmal morgens machte, wenn ich auf ihn besonders müde wirkte. »Guten Morgen.«

»Morgen.« Ich schnupperte am Kaffee. »Morlen schon wach?«

Thies zog seine Schluffi-Jogginghose hoch, die eindeutig etwas zu groß geworden war. »Wir haben zusammen Müsli gegessen, dann ist sie sich anziehen gegangen.«

Ich nahm einen Schluck aus der Tasse. »Was sagt das über mich, dass ein dreizehnjähriger Teenager vor mir gefrühstückt hat und angezogen ist?« Ich sah an meinem Schlafanzug herunter.

Thies strich mir liebevoll eine zerzauste Strähne hinters Ohr. »Dein Müsli steht auf deinem Schreibtisch.«

»Danke, du bist ein Schatz.« Ich trank seinen Kaffee halb leer und reichte ihm die Tasse mit einem Kuss zurück.

Thies startete den nächsten Call, und ich hockte mich auf meinen Sitzball. Neben meinem Laptop lagen die Rentiere, die ich gestern noch ausgedruckt hatte. Sie hatten rote Nasen und schauten einander verliebt an.

Gerade als ich noch etwas an den Rentierohren nachbessern wollte, kam Morlen ins Wohnzimmer. Sie hatte tatsächlich meinen dicken Pulli und die warmen Leggings angezogen. Der Pulli reichte ihr nur knapp über den Bauch, und zwischen Socken und Leggings blitzte ein Stück nacktes Bein heraus. Morlen war mittlerweile doch ein paar Zentimeter größer als ich.

»Morgen.« Sie zog am Bündchen des Pullis. »Darf ich ein paar Stifte von dir leihen?«

»Guten Morgen, Morlen.« Ich drehte mich zu ihr um. »Klar, warte.« Ich nahm einen der Emaillebecher und hielt ihn ihr hin. »Welche Farben willst du?«

Sie biss sich auf die Unterlippe. »Hast du Gold oder Silber?«

Ich suchte mehrere Stifte raus und reichte sie ihr.

Als sie damit nach unten verschwunden war, flüsterte ich Thies zu: »Was glaubst du, was sie damit macht?«

»Schnüffeln?«, antwortete er trocken.

»Ich vermute eher, sie malt dir ein Weihnachtsbild«, konterte ich.

Am frühen Nachmittag hatte ich bereits eine neue Bastelanleitung für einen Glitzerstern-Anhänger fertig, als Morlen ihre Chucks von der Heizung nahm.

»Sag mal«, fragte ich vorsichtig, »falls Maria anruft: Was soll ich sagen, wo du bist?«

Sie wich meinem Blick aus. »Stadt.«

Ich stand von meinem Sitzball auf und reckte mich. Ich hatte schon wieder viel zu lang am Stück gesessen. »Stadt?«

Sie fummelte an den Schnürsenkeln ihrer Schuhe herum, die sie gestern nicht geöffnet hatte. »Ich brauch noch Geschenke.«

Ich horchte auf. Guter Punkt. Ich hatte auch noch nicht alles. Außerdem tat mir mittlerweile echt der Nacken weh. »Hättest du was dagegen, wenn ich mitkomme?«, fragte ich spontan. »Ich brauche auch noch Geschenke.«

Sie überlegte kurz und antwortete dann: »Nö.«

Ich war mir nicht sicher, ob das hieß, dass sie einverstanden war, und entschied, es besser nicht zu hinterfragen. Stattdessen holte ich meine gefütterten Sneakers aus dem Keller und fand noch ein Paar Moonboots für Morlen, die ihr gerade so passten. Außerdem drückte ich ihr eine dicke Jacke und eine Mütze von mir in die Hand. Ich war nicht nur die Frau mit der Sneakers-Sammlung. Ich war auch die mit den Winterjacken in allen Längen und Wärmegraden.

Die Jacke zog Morlen an, die Mütze ließ sie unauffällig neben der Garderobe liegen. Ich mummelte mich komplett ein. Dann verabschiedeten wir uns von Thies und machten uns auf den Weg.

Draußen lag mittlerweile alles unter einer dicken Schneedecke. Sogar die Stellen, die Herr Meyerhoff mehrmals am Tag frei schippte, waren wieder zugeschneit. Durch die kleineren Straßen fuhren um diese Uhrzeit keine Streufahrzeuge mehr, und im Radio hatten sie vorhin etwas von gefrorenen Oberleitungen berichtet, weshalb in bestimmten Regionen keine Züge verkehrten. Mal schauen, ob Maria ihre Tochter morgen würde holen können.

Morlen schlurfte neben mir über den Bürgersteig. Ab und an streckte sie die Hand aus und schob eine Schneeplatte von einer Motorhaube oder einem Zaun. Es war aber auch zu verlockend. Ich griff selber bei einer besonders kunstvoll verschneiten Mülltonne zu. Der Schnee pappte wunderbar und war im Nu ein fester Ball, den ich in hohem Bogen die leere Straße hinunterwarf.

Im Bus standen wir eng gedrängt zwischen anderen Fahrgästen, die vermutlich ähnliche Pläne hatten wie wir. Erst in diesem Moment wurde mir bewusst, dass heute Samstag war. Ich war selbstständig und arbeitete gern abends, es wäre wirklich schlauer gewesen, zum Beispiel am Dienstagvormittag Geschenke kaufen zu gehen. Zu spät.

Ich bereute außerdem, dass ich nicht vor dem Einsteigen die dicke Jacke ausgezogen oder sie zumindest aufgemacht hatte. Mir war so warm, dass mir wahrscheinlich bald Dampf aus den Ohren kommen würde.

»Wo musst du hin?«, fragte ich Morlen, die sich neben mir an einem Handgriff festhielt und gedankenverloren nach draußen sah.

»Spielwarengeschäft.«

Ich war lange nicht in einem Spielwarengeschäft gewesen. Was ich den Kindern meines Bruders oder denen von Maria mitbrachte, bestellte ich meistens im Internet – oder kaufte es bei einem der kleinen Ökokinderläden bei uns im Viertel. Deswegen hatte ich vergessen, dass ein großer Spielzeugladen an einem Adventssamstag ziemlich genau meiner Vorstellung der Vorhölle entsprach. So ähnlich malte ich mir dort jedenfalls Temperatur, Geruch und Stimmung aus. Ich folgte Morlen durch die engen Gänge voller Kunden und versuchte, ruhig zu bleiben, während sie Duplo-Lego-Pakete inspizierte oder Kuscheltiere in die Hand nahm und wieder ins Regal stellte.

»Was mögen denn Hannah und Fritz?«, fragte ich sie.

»Hannah ist verrückt nach Katzen, wie ich.« Sie wedelte mit einem Plüschexemplar mit weit auseinanderstehenden Augen, die dem Tier etwas Dummdreistes verliehen. »Und Fritz steht auf alles, was laut ist.«

Ich griff nach einem kleinen Plastikklavier, bei dem jede farbige Taste unterschiedliche nervtötende Lautfolgen von sich gab, aber Morlen winkte ab. »Davon hat er schon drei.«

In Gedanken verbeugte ich mich ehrfürchtig vor meiner Freundin Maria. Die Vorstellung von drei Spielzeugklavieren in einem Haushalt war für mich fast noch unvorstellbarer als die von drei Kindern. Der Schweiß rann mir mittlerweile vom Nacken den Rücken herunter. Wenn ich nicht bald Sauerstoff bekäme, würde mein Kreislauf diesen Einkauf vermutlich vorzeitig für mich beenden.

Da kam mir eine Idee. »Ich glaube, ich weiß was. Komm mal mit!«

Wir verließen die Spielwarenvorhölle und traten in die festlich geschmückte Fußgängerzone. Ich sog tief die frische Winterluft ein. Es schneite noch immer – auf die Lichtergirlanden, die zwischen den Geschäften gespannt waren, die eingemummelten Menschen mit ihren Einkaufstüten in der Hand, die älteren Herren mit Bommelmützen, die sich mit ihren Trompeten in einem Halbkreis aufgestellt hatten und gerade *Jingle Bells Rock* anstimmten.

»Hier hab ich gestern gestanden«, meinte Morlen beiläufig mit Blick auf die Musiker.

Ich sah sie erstaunt an.

Sie zuckte mit den Schultern. »Ich hatte nicht genug Taschengeld für die Weihnachtsgeschenke. Da hab ich hier ein bisschen Gitarre gespielt.«

Ich nickte anerkennend. »Wie viel ist dabei zusammengekommen?«

»Bisschen über achtzig Euro«, sagte Morlen. »Manche haben mir auch heißen Kinderpunsch und was zum Essen gebracht.«

Sei froh, dass sie nicht die Polizei gerufen haben, weil sie dich für eine Ausreißerin gehalten haben, dachte ich, sagte aber laut: »Respekt, das finde ich echt mutig.«

Ich fühlte mich schuldig, dass Thies und ich ihr alles Mögliche unterstellt hatten, während sie hier in nassen Stoffschuhen im Schnee stand, um ihren kleinen Geschwistern Geschenke kaufen zu können.

Ich betrachtete sie von der Seite. Ich fand nicht viel von Maria in ihrem zarten Gesicht wieder. Meine Freundin war in diesem Alter schon die geballte Weiblichkeit gewesen, während Morlen auf unauffälligere Weise hübsch war.

»Du bist eine tolle große Schwester«, sagte ich.

Morlen drehte schnell den Kopf zur Seite. Doch es half nichts, ich hatte das stolze Lächeln schon gesehen, das kurz über ihr Gesicht gehuscht war.

Auf dem Weihnachtsmarkt vor dem alten Rathaus drehte sich ein herrlich altmodisches Karussell. Es roch nach Bienenwachs, gebrannten Mandeln und Feuerzangenbowle. Wir liefen vorbei an Ständen mit Fensterschmuck, Kerzenhaltern und Räuchermännchen. Und blieben an einem mit handgefertigten Glockenspielen und anderen kleinen Holzinstrumenten stehen.

Morlen machte große Augen. »Cool!« Sie wirkte zum ersten Mal seit ihrer Ankunft ein bisschen fröhlich.

Wir testeten uns durch die Instrumente. Nach reichlicher Überlegung kaufte Morlen eine kleine mit Naturkautschuk bezogene Trommel mit zwei Drumsticks für Fritz. Zum Glück fanden wir an einem anderen Stand noch eine auf Knopfdruck laufende, dickliche Plüschkatze für Hannah, die wir beide wahnsinnig hässlich fanden, bei der Morlen aber sicher war, dass ihre kleine Schwester sie lieben würde.

Ich kaufte noch einen Batik-Seidenschal für Mo, bunte Kerzen für meine Mutter, außerdem handgestrickte Wollsocken und den angeblich weltbesten Sparschäler für Thies. Die neue Kaffeemühle, die er außerdem bekommen würde, stand bereits hinter meinem Sweatshirt-Stapel im Kleiderschrank versteckt. Morlen fand noch ein Kartenspiel in einer hübschen Lederhülle für ihren Opa Hannes, das ich sofort auch für Dieter und meinen Vater kaufte, und eine Sheabuttercreme für Simons Surferhände.

Danach besorgte ich uns zwei gefüllte Ofenbrote, die so heiß waren, dass ich mir die Zunge verbrannte. Wir stellten uns neben das Karussell und aßen einträchtig. Es lief gerade ein Song, der verdächtig nach Justin Bieber klang. Die Kindergesichter auf den bunten Pferden und in den Kutschen strahlten. Es schneite so sehr, dass der Giebel des alten Rathauses in dem Gewirbel nicht mehr zu sehen war.

Mit einer extragroßen Tüte Schmalzgebäck als Nachtisch wollten wir uns auf den Heimweg machen, als Morlen an einem Stand mit Holzengeln stehen blieb. Sie nahm einen kleinen Engel mit Gitarre im Arm hoch und betrachtete ihn traurig. Sie drehte ihn um, las das Preisschild und stellte ihn seufzend wieder zurück.

Dann erinnerte ich mich. Maria besaß solche Engel. Ein ganzes Orchester davon. Sie hatte jedes Jahr einen neuen von ihrer Mutter zu Weihnachten bekommen. Es würde das vierte Weihnachten ohne Iris werden, wurde mir bewusst.

»Wollen wir ihn nicht mitnehmen?«, fragte ich mit einem Kloß im Hals.

»Ne«, antwortete Morlen verlegen. »Lass mal …«

Ich nahm den Engel in die Hand. »Ich hab einen Vorschlag: Wir schenken ihn Maria zusammen. Wie viel hast du noch?«

Morlen kramte einen zerknitterten Schein und eine Handvoll Münzen aus den Taschen meiner Jacke. »Siebzehn Euro.«

»Okay, dann gebe ich die restlichen dreizehn dazu.« Ich holte mein Portemonnaie hervor und legte das Geld und den Gitarrenengel in ihre Hand.

Morlen zögerte einen Moment, stimmte aber schließlich zu. Als sie den Engel in einer hübschen Schachtel in ihren Rucksack packte, erhellte zum zweiten Mal an diesem Tag ein kleines Lächeln ihr Gesicht.

»Wollen wir laufen?«, schlug ich vor und öffnete die Tüte mit den Schmalzkuchen. »Die Busse sind jetzt bestimmt noch voller.« Ich hielt ihr das Brandteiggebäck hin.

Morlen nahm mit spitzen Fingern eins heraus und warf es sich in den Mund. »Okay.«

Und so liefen wir durch die verschneiten

Wallanlagen. Innerhalb von Minuten waren unsere Schals und Jacken voller Schnee und Puderzucker. In den Bäumen am Wegesrand leuchteten Lichterketten.

»Sag mal.« Ich schleckte meine Puderzuckerfinger ab. »Worüber habt ihr eigentlich gestritten? Also du und Jan? Ist es okay, dass ich das frage?«

Zu meiner Überraschung antwortete Morlen diesmal direkt: »Er will nicht, dass ich zurück zu Mama ziehe.«

»Kann ich verstehen, er hat dich sicher gern bei sich.« Der Schnee knirschte unter unseren Schritten.

Morlen legte den Kopf in den Nacken und betrachtete die blinkende Lichterkette im Baum über uns. »Darum geht es nicht. Er will, dass ich Abitur mache.«

»Und das könntest du nicht auf Norderney?«

Sie wischte etwas Schnee von einer Bank und knetete ihn in den Händen. »Ich müsste jeden Tag frühmorgens mit der Fähre fahren und würde erst spät zurückkommen. Mama sagt, das wäre zu viel Stress. Aber ich würde eh lieber eine Ausbildung machen. Wenn ich auf der Insel bleibe, arbeite ich sowieso irgendwann im Tourismus. Da kann ich auch gleich anfangen.« So viele zusammenhängende Worte hatte ich sie seit ihrer Ankunft bei uns noch nicht sagen hören.

»Warum willst du eigentlich zurück?« Ich hielt ihr noch mal die Schmalzkuchen hin, aber Morlen winkte ab, warf den Schneeball in einen Busch und rieb sich die Finger.

»Ach … Es ist einfach mein Zuhause. Ich wollte unbedingt ein paar Jahre bei Papa wohnen, aber jetzt will ich zurück.«

Ich ließ die Tüte mit dem restlichen Gebäck in meiner Tasche verschwinden. »Das kann ich gut verstehen.«

Als wir etwa zwanzig Minuten später in unseren Vorgarten kamen, hielt Morlen mich am Jackenärmel fest: »Schau mal.«

Ich folgte ihrem Blick. Vor der tomatenrot lackierten Tür saß eine kleine Katze. Sie war getigert und eindeutig noch ein Jungtier. In der Nachbarschaft lebten einige Katzen, die auch durch unseren Garten streiften, aber diese kam mir nicht bekannt vor.

Morlen ging behutsam die Treppe hoch auf sie zu. Das Kätzchen zitterte. Morlen hockte sich auf die oberste Stufe und streckte langsam die Hand aus. Die kleine Katze maunzte leise, kam dann mit tapsigen Schritten näher und ließ sich von Morlen streicheln.

»Wer bist du denn, du kleiner Schatz?«

Ich trat vorsichtig näher. »Ich hab sie hier noch nie gesehen. Aber vermutlich gehört sie jemandem in der Nachbarschaft.«

»Ist es nicht viel zu kalt für sie?« Morlen streichelte den Kopf der Katze, den sie ihr genüsslich entgegenstreckte. Ihr kleiner Körper zitterte immer noch leicht.

»Sie läuft bestimmt gleich nach Hause.« Ich schob mich an den beiden vorbei und schloss die Haustür auf.

Morlen konnte sich nur schwer losreißen, kam aber schließlich mit rein. Von draußen drang weiter das Maunzen der Katze zu uns herein.

Morlen machte große traurige Augen. »Können wir sie bitte reinholen?«

Ich hängte unsere Jacken auf. »Aber sie gehört doch jemandem, sie wird bestimmt schon vermisst.«

Morlen marschierte ins Wohnzimmer, wo sie Thies aufgebracht berichtete, was passiert war.

Er hörte ihr aufmerksam zu, und sein Blick wurde immer weicher. Ich kannte diesen Gesichtsausdruck von diversen Urlauben im Mittelmeerraum, wo er selbst bei offensichtlich wohlgenährten Hauskatzen behauptete, es wären Straßentiere und wir würden uns schuldig machen, wenn wir sie nicht mitnähmen.

Als Morlen fertig war, blickte er zu mir. Ich zog beide Augenbrauen hoch. Thies atmete tief aus und sagte: »Lass uns noch einen Moment warten, ob sie nach Hause läuft, ja?«

Morlen brummelte in sich hinein. »War ja klar.«

Thies sah mich vorwurfsvoll an, beließ es aber dabei. »Habt ihr Hunger?«

Ich hielt mir den vollen Bauch. »Wir haben auf dem Weihnachtsmarkt gegessen, es sind noch ein paar Schmalzkuchen übrig.«

Er schüttelte den Kopf. »Du weißt ja … Ich mache mir schnell noch was.«

Morlen brachte ihre Geschenke in den Keller und kam wieder hoch. Ihre Wangen waren gerötet von unserem Spaziergang, und sie wirkte trotz des kleinen Katzendramas immer noch deutlich gelöster auf mich als zuvor.

Ich setzte mich auf die Arbeitsplatte, um Thies beim

Kochen Gesellschaft zu leisten, und bemerkte, dass sie uns beobachtete.

»Alles okay?«, fragte ich sie.

Sie zog meinen Wollpulli lang. »Wäre es schlimm für euch, wenn ich noch zwei, drei Tage bleibe? Ich mach euch auch keine Arbeit, und ihr müsst euch nicht um mich kümmern. Es ist nur …« Sie knibbelte an ihren Nagellackresten. »Ich bin auch sauer auf Mama und …«

Noch ehe ich etwas antworten konnte, sagte Thies neben mir: »Klar, kein Problem.«

Und dann breitete sich erstmals, seit Morlen hier war, ein breites Strahlen auf ihrem Gesicht aus und steckte mich augenblicklich an. Ich hatte es fast vergessen, weil sie so ernst gewesen war in den letzten Tagen. Aber sie hatte doch etwas Kostbares von ihrer Mutter geerbt: dieses strahlende Lächeln, das auf andere wirkte, als habe man ein Licht angeknipst.

»Danke«, sagte sie, noch immer strahlend, und ich sah gerührt zu Thies. Auch er lächelte breit.

Dann verkündete Morlen, sie sei müde. Im nächsten Moment war sie schon im Keller verschwunden.

Ich zündete alle Kerzen an und setzte mich wieder auf die Arbeitsplatte zu Thies, der gerade Quinoa in eine Schale füllte und dann anfing, Gemüse zu schnippeln.

»Ich kann auch mal was mit ihr unternehmen, damit du mehr Zeit zum Arbeiten hast«, schlug er vor.

»Gute Idee.« Ich steckte mir ein vom Brettchen gefallenes Gurkenstück in den Mund. »Das wird sie bestimmt toll finden. Ich glaube, sie mag dich.«

Thies rührte das Dressing an und sah ein bisschen stolz aus. »Morgen früh mache ich einen Nuss-Birnen-Porridge, den wollte ich immer schon mal ausprobieren.«

»Aber morgen ist Sonntag, da gibt es doch immer Rührei mit Tomaten und Kräutern.«

Er goss das Dressing über den Quinoasalat. »Nicht gut für den Cholesterinspiegel.«

»Ernsthaft?« Ich rutschte auf der Arbeitsfläche etwas näher an ihn heran.

Er hackte eine Möhre auf seinem Brettchen. »Anni, ich möchte mich gerade etwas um mich kümmern. Bitte lass mich, ja?«

Ich streckte die Hand aus und kraulte ihm durchs kurze Haar. »Okay. Meinst du, Morlen isst Porridge?«

Er sah mich verständnislos an. »Ich glaube, sie isst alles.«

Ich hüpfte lachend von der Arbeitsplatte. »Sag das mal ihrer Mutter!«

Und dann nutzte ich die Ruhe zum Arbeiten. Schrieb Maria zwischendurch eine Nachricht, dass ihre Tochter noch bei uns bleiben und dann mit dem Zug kommen würde, was diese mit einem lapidaren Daumen-nach-oben-Emoji beantwortete. Trank den Tee, den Thies mir hinstellte. Zeichnete rosafarbene Zimtsterne, die wie Konfetti über die Seite tanzten. Bis ich es nicht mehr aushielt. Ich musste nach der kleinen Katze sehen. Doch als ich die Haustür öffnete, war sie nirgends zu sehen. Bestimmt war sie längst zurück bei ihrer Familie, beruhigte ich mich.

Als ich gerade einen neuen Entwurf für den Adventskalender fertig bekommen hatte, hörte ich erneut ein Geräusch. Zuerst dachte ich, ich hätte mich vertan, aber dann war ich sicher: Da war wieder das Miauen. Es klang allerdings nicht, als käme es von draußen. Sondern von irgendwo hier drin. Es miaute erneut. Eindeutig: Es kam aus dem Keller.

Thies war bereits oben im Bad. Und überhaupt würde er die Katze nicht reinholen, ohne es mit mir abzusprechen. Ich schlich auf Zehenspitzen die Treppe ins Souterrain hinunter. Unten im Flur fiel mein Blick auf die Tür, die nach draußen in den Garten führte. Morlen war doch nicht etwa da hinausgegangen? Die Tür zu ihrem Zimmer war nur angelehnt.

»Morlen?«, fragte ich leise, aber sie reagierte nicht. Behutsam schob ich die Tür auf.

Sie lag mit dem Gesicht zur Wand. Ihr Brustkorb hob und senkte sich sanft. Offenbar schlief sie schon. Die kleine Lampe auf dem Schreibtisch brannte noch. Dort lagen neben einem Stapel Karten auch die Stifte, die ich Morlen gegeben hatte. Sie bastelt Weihnachtskarten, dachte ich überrascht.

Da miaute es wieder. Und hinter der schlafenden Morlen erhob sich ein kleiner Katzenkopf. Also doch: Sie hatte das Kätzchen hereingeholt. Was sollte ich jetzt machen?

Ich sah zu dem kleinen Fenster, hinter dem der Garten lag. Es war fast völlig zugeschneit. Ich konnte den Wind um das Haus pfeifen hören. Es war wirklich kalt und ruppig draußen. Wer war ich, das Tier einfach seinem Schicksal zu überlassen? Sollte das Kätzchen doch heute hier schlafen, morgen würden wir in der Nachbarschaft herumfragen, wem es gehörte.

Ich blickte wieder aufs Bett. Die kleine Katze rollte sich an Morlens Bauch zusammen und versteckte ihre Nase unter meinem Pulli, den Morlen noch immer trug. Ein wohliges Gefühl machte sich in mir breit. Leise schaltete ich das Licht aus und schlich wieder nach oben.

FÜNF TAGE VOR WEIHNACHTEN

keine Zimtsterne

sind auch keine Lösung

Am nächsten Morgen fand ich Morlen und Thies auf dem Küchenboden. Sie saßen vor einer kleinen Keramikschale, die ich mal von Thies zum Geburtstag bekommen hatte und aus der ich gern vor dem Fernseher meine Gummitiere aß. Nun fraß daraus die Katze. Es roch nach Fisch.

Morlens Augen blitzten hellwach, und sie winkte mich zu sich hinüber. »Thies hat noch eine Dose Thunfisch gefunden. Und schau, sie mag es.«

Sie erwähnte nicht mal, dass das Tier hier geschlafen hatte oder warum es in unserer Küche saß. Über den Punkt waren die beiden offenbar hinaus. Ich entdeckte neben ihnen einen alten Sneakers-Karton, der im Flur gestanden hatte und den sie mit einer Plastiktüte ausgekleidet hatten – offenbar ein provisorisches Katzenklo.

Ich wischte mir verschlafen die Haare aus der Stirn. Wie lange saßen die zwei denn schon hier? Auf dem Tisch standen schon die Schalen mit dem Birnen-Porridge, von dem Thies gestern gesprochen hatte. Allerdings offensichtlich noch unangerührt. Angesichts des Kätzchens hatte er offenbar seine liebste Mahlzeit des Tages vergessen.

Ich ging zum Tisch, schnappte mir zwei der Porridge-Schalen und reichte sie Morlen und Thies. Dann machte ich uns zwei Milchkaffees und einen Kakao und setzte mich dazu. Und so frühstückten wir alle drei auf dem Boden und sahen der kleinen Katze dabei zu, wie sie Thunfischbrocken auf unsere alten Holzdielen zog und genüsslich verschlang.

Bis Thies sagte: »Mo hat gefragt, ob wir heute doch noch mal kommen können. Ihr Flug geht ja erst am Abend.«

Ich wollte protestieren, dass ich arbeiten müsse, als mir einfiel, dass heute Sonntag war. Eigentlich gab es für Selbstständige wie mich keine Wochentage, erst recht nicht kurz vor einer Deadline. Aber ich wusste, was es Thies bedeutete, seine Mutter vor ihrer Abreise noch mal zu sehen.

»Gerne.« Ich trank einen Schluck Kaffee.

»Übrigens wissen weder Frau Siemers noch Herr Meyerhoff, wem Billy gehören könnte«, sagte er in seine Tasse hinein.

Ich sah ihn erstaunt an.

»Es ist ein kleiner Kater, wir haben nachgesehen«, berichtete Morlen. »Und wir finden, Billy passt gut zu ihm.« Sie kratzte ihre Schale aus und stellte sie neben die Spüle. »Ich bleibe heute lieber hier bei ihm.«

Thies grinste mich über seine Kaffeetasse hinweg an. »Billy war Morlens Idee. So heißt der etwas crazy Sänger aus *Tatsächlich Liebe*.«

»Ja, genau.« Morlen strahlte wieder.

Ich musste lachen. »So was guckst du?«

»Klar, mit Mama. Am meisten Spaß macht es, ihr dabei aufzuzählen, was in dem Film alles gar nicht geht. Dir ist zum Beispiel schon klar, dass der Typ mit dem Hochzeitsvideo im Grunde ein Stalker ist?«

Thies wedelte wild mit der freien Hand. »Dünnes Eis«, flüsterte er ihr zu.

Ich knuffte ihn in die Seite. »Von mir aus kannst du bei Billy bleiben«, sagte ich zu Morlen. »Aber wenn wir zurück sind, gehe ich noch bei den anderen Nachbarn klingeln und frage, wem er gehören könnte. Und ich ruf jetzt gleich beim Tierheim an, falls jemand einen kleinen Kater vermisst.«

Morlen schob die Unterlippe vor, nickte dann aber einsichtig.

Etwa eine Stunde später saßen Thies und ich nebeneinander im Bus nach Worpswede. Ich hatte noch im Tierheim angerufen, Thies war beim Bäcker und beim Kiosk gewesen. Er hatte Brötchen, Katzenstreu und Katzenfutter besorgt und für Morlen eine Maronensuppe aufgetaut, damit in unserer Abwesenheit bloß niemand verhungerte. Jetzt blickten wir raus auf die vorbeiziehenden Bremer Vorortvorgärten mit ihren verschneiten Trampolinen, Schaukeln und Gartenhäuschen.

»Wünschst du dir wirklich ein Rudergerät?«, fragte ich Thies.

Er sah mich überrascht an, offenbar war er gerade tief in Gedanken gewesen. »Ja, warum?«

»Ich wundere mich nur etwas. Kein Zucker, dafür Sport, das ist neu.«

»Ach. Wir werden nicht jünger. Irgendwann muss man anfangen. Kann ja nicht jeder von einmal im Monat Yoga einen Body haben wie du.« Er zwinkerte mir zu.

Ich zwinkerte zurück. »Alles deine gute Pflege.«

Thies' Handy vibrierte, und er nahm es aus der Tasche. Morlen hatte ihm ein Foto von Billy geschickt. Ich wusste nicht mal, dass sie Nummern ausgetauscht hatten. Der kleine Kater lag – alle viere von sich gestreckt – auf ihrem Bauch und schlief.

Beim Anblick des Fotos schlich ein typischer Thies-Ausdruck auf sein Gesicht, irgendwo zwischen Rührung und Belustigung.

Ich lehnte meinen Kopf an seine Schulter. »Schön, dass ihr ein gemeinsames Thema gefunden habt.«

Ertappt steckte er das Handy weg. »Du musst zugeben, dass er süß ist.«

»Ja, aber er gehört jemandem.«

»Es ist wie mit Morlen.« Er sah wieder nachdenklich nach draußen. »Sie gehört eigentlich auch zu einer anderen Familie, aber für den Moment gehört sie zu uns.«

Die Fahrt schien wegen der schlechten Straßenverhältnisse ewig zu dauern. Im Schneckentempo schob sich der Bus über die winterlichen Landstraßen bis nach Worpswede. Über eine Stunde später klopften wir endlich unsere Schuhe auf dem Gitter vor Mos Bungalow ab.

Sie riss die Tür auf. »Wir haben eigentlich kaum

Zeit«, begrüßte sie uns. Mir fiel auf, dass sie beim Friseur gewesen war. Ihre Stachelfrisur war heute besonders raspelkurz.

Thies zog seine Jacke aus. »Mama, du hast uns eingeladen.«

»Jaja, ich freue mich auch, euch zu sehen.« Sie winkte uns in die Wohnung und verteilte die bunten Filzhausschuhe, die jeder Gast bei ihr überreicht bekam – ein sehr großes Paar für Thies und ein ziemlich kleines für mich. »Meint ihr, die fliegen heute ganz normal bei dem Wetter?«, fragte sie.

»Bestimmt.« Ich hängte meine extralange Steppjacke neben die kurze von Thies und schlüpfte in die Hausschuhe.

Dieter kam uns in einem seiner Norwegerpullis im Flur entgegen. Freundliche Furchen zogen sich über sein Gesicht. »Anni!« Er fiel mir mit seinem typischen schnarrenden Lachen um den Hals.

Ich konnte ihm ansehen, dass er darüber nachdachte, ob es an der Zeit war, auch Thies zu umarmen, aber schließlich gab er ihm nur die Hand. »Schön, dich zu sehen, mein Junge.«

Thies grummelte in sich hinein und lief in Richtung Küche. Dass es ihm immer noch schwerfällt, seine Mutter zu teilen, dachte ich kopfschüttelnd, und zwinkerte Dieter entschuldigend zu, der dies mit einem wissenden Lächeln erwiderte.

Ich zog zwei Päckchen in Glitzerpapier aus meinem Jutebeutel und reichte sie ihm. »Hier, bitte noch in den Koffer legen für Heiligabend.«

»Oh, da sind wir aber gespannt.« Er nahm sie mir lächelnd ab und trug sie davon.

»Ich wollte ja Resteessen machen«, verkündete Mo in ihrer Eicheneinbauküche. Sie trug einen mauvefarbenen Nickijogginganzug. An ihren Händen konnte ich Reste von Ölfarbe erkennen. »Wir hatten noch einiges im Kühlschrank, ist ja viel zu schade, das alles wegzuschmeißen.« Sie stieß einen melodramatischen Seufzer aus, als ihr Lebenspartner neben sie trat. »Aber Dieter hat darauf bestanden, dass er heute kocht.«

»Na, hör mal, wenn die Kinder zum Weihnachtsbesuch kommen.« Dieter rührte in einem Topf.

Ich bemühte mich, nicht in Thies' Richtung zu schauen, weil ich Angst hatte, einen meiner Lachanfälle zu bekommen. Wenn ich einmal angefangen hatte, konnte ich über Minuten nicht mehr aufhören. Stattdessen setzte ich mich neben Thies auf die Holzeckbank, in deren Lehne Herzchen gefräst waren, und lauschte mit halbem Ohr Mos typischem Monolog-Geräuschteppich. Gerade erzählte sie etwas vom gelenkfreundlichen Klima in Florida und neonfarbenen Flipflops, die sie dort erwerben wollte.

Ihr Lebenspartner griff derweil mit Küchenhandschuhen in den Ofen und stellte einen Römertopf auf den Untersetzer vor uns auf den Tisch. »Rehrücken. Dazu gibt es selbst gemachte Gnocchi und Apfelrotkohl«, erklärte er und streifte die Handschuhe ab.

Jetzt musste ich Thies doch anschauen. Er nickte anerkennend. »Seit du hier wohnst, kommen wir sonntags noch lieber, Dieter.«

Dieter wurde rot, was mich ein bisschen rührte, weil ich wusste, wie sehr er um Thies' Gunst buhlte.

Mo pfiff durch die Zähne. »Also hör mal, das klingt, als hätte man hier vorher nichts Gutes zu essen bekommen.«

Ich biss mir auf die Innenseite meiner Wange, als Thies antwortete: »So kann man das jetzt auch nicht sagen, Mama.«

Dieter wollte mir nach dem wirklich köstlichen Mittagessen unbedingt zeigen, wo seine geliebten Bienen überwinterten. In meiner Zeit als seine Gartenhäuschen-Mieterin hatte er mir viel über seine Imkerei erzählt. Und ich war heute noch ein bisschen stolz, wie sehr Dieter sich über die Etiketten gefreut hatte, die ich für seine Honiggläser gestaltet hatte. Im zurückliegenden Sommer hatte der Umzug seines Bienenvolkes uns alle tagelang beschäftigt. Mittlerweile standen die Holzkästen neben Mos Trauerweide, der man kaum noch ansah, dass sie bei einem Feuer vor ein paar Jahren beinahe abgebrannt war.

»Alles okay bei euch?«, fragte mich Dieter, während er mit einem Handbesen Schnee von einem Bienenkasten fegte. »Kommt der Junge klar damit, dass wir nicht zusammen Weihnachten feiern?«

Ich rieb mir über die Oberarme. Es war eindeutig ein Fehler gewesen, ohne Jacke rauszugehen. »Der Junge ist ja schon groß.«

»Na ja.« Dieter kontrollierte etwas unter dem Kasten und knetete dann seine Finger. Offenbar war nicht nur mir kalt. »So groß kann man gar nicht werden, dass man nicht mehr mit seiner Mutter Weihnachten feiern will. Ich hoffe, ihr denkt nicht, das war meine Idee.«

Nun fingen auch meine Knie an zu schlottern. »Warum wollte Mo denn unbedingt über Weihnachten weg?«

Dieter sah zum Fluss, der den Garten an einer Seite begrenzte. Am Ufer war das Wasser bereits zu einer dünnen Eisschicht gefroren. »Sie hatte dieses unschlagbare All-inclusive-Angebot gesehen und war dann wie besessen. Und meinte, vielleicht wärt ihr mal ganz froh, nur zu zweit zu sein.«

Ich verschränkte die Arme vor der Brust. »Nö. Wir feiern gern mit euch.«

»Ja, wir auch mit euch.« Er rieb sich über die Stirn. »Ich habe die starke Befürchtung, dass Mo unter Palmen auffallen wird, wie sehr sie euch vermisst und dass es in der Sonne und ohne euch gar kein richtiges Fest ist. Jetzt wird es hier sogar weiße Weihnachten geben, wie es aussieht, seit Ewigkeiten mal wieder. Ausgerechnet da sind wir weg.«

Wir seufzten beide tief und liefen dann schnell durch den Schnee zurück Richtung Haus.

Dieter wollte noch kurz Bienenwaben für eine Bastelidee aus meinem Adventskalender aus dem Schuppen holen, in dem Mo immer malte. Ich machte mich schon mal auf den Weg ins Warme. Als ich die Terrassentür aufschob, hörte ich Thies und seine Mutter in der Küche reden. Sie klangen irgendwie aufgebracht. Ich überlegte, ob ich sie störte, wenn ich nun dazukam.

Aber hier zu stehen und zu lauschen fühlte sich auch falsch an.

Im Flur schnappte ich gerade noch auf, wie Mo sagte: »Das musst du ihr sagen! Versprichst du es mir? Du musst mit ihr reden!«

Ich hustete laut, und die zwei verstummten. Beide schauten ertappt, als ich hereinkam.

Ich rieb mir die kalte Nasenspitze und sah vom einen zur anderen. »Alles okay?«

In diesem Augenblick trat hinter mir Dieter in die Küche. Über seinem Arm baumelte eine durchsichtige Tüte mit Bienenwaben. Außerdem trug er etwas Riesiges, Flaches in Packpapier, um das eine große Schleife gebunden war.

Mo klatschte in die Hände. »Etwas verfrüht, aber es kommt von Herzen. Erst an Heiligabend öffnen, ja? Frohe Weihnachten, ihr zwei!«

Im Bus zurück stand das riesige Geschenk zwischen uns auf der Sitzbank. Ich konnte gerade so über den oberen Rand zu Thies schauen.

Der Bus fuhr an Worpswedes Fachwerkhäusern vorbei, die mit ihren schneebedeckten Reetdächern aussahen wie aus einem Märchenfilm. Was hat Mo nur gemeint, fragte ich mich. *Du musst mit ihr reden,* hatte sie gesagt. Worüber sollte Thies mit mir sprechen? Sie hatte doch mich gemeint? Steckte am Ende mehr hinter dieser ganzen Gesundheitsnummer und der Weigerung, unser Haus zu schmücken, als ich gedacht hatte? Schließlich war heute Sonntag, das Wochenende fast vorbei, und Thies hatte trotz seines Versprechens die Lichterketten noch immer nicht aufgehängt. Drei Haltestellen lang überlegte ich, wie ich dieses Thema ansprechen könnte.

Schließlich reckte ich mich leicht über das Paket hinweg, um Thies besser sehen zu können: »Ist es schwer für dich, dass sie verreist?«

Er sah hinaus auf die winterliche Landschaft, über der es bereits dämmerte, und atmete tief aus. »Ach.«

»Ist alles okay, Thies?«, fragte ich leise.

Er nickte sachte. »Alles gut.«

Ich wartete noch eine Weile, dann tat ich es meinem Freund gleich und sah schweigend auf das zugeschneite Moor hinaus.

Zu Hause saßen Morlen und Billy auf dem Küchenboden, wo wir sie heute früh zurückgelassen hatten. Sie fütterte ihn gerade wieder.

»Wie war euer Tag?«, fragte ich Morlen.

Ihre großen Augen glänzten tiefbraun. »Gut.«

»Hast du dir die Maronensuppe warm gemacht?« Thies nahm sich eine Flasche Wasser aus dem Kühlschrank.

Morlen nickte. »War sehr lecker.«

Mir fiel auf, dass sie meine Kerzen angezündet hatte. Auf dem kleinen Tisch vor dem Sofa standen Schalen mit Thies' gesunden Keksen und Mos harten Lebkuchen. Außerdem lag etwas auf einem Teller, das aussah wie ein in Scheiben geschnittenes Snickers.

Morlen stand auf. »Ich dachte …« Sie fuhr sich

durchs Haar, das am Hinterkopf so aussah, als habe sie in unserer Abwesenheit ein Nickerchen gemacht. »Also … ich hab mich gefragt, ob ihr Lust hättet auf einen Filmabend?«

Thies war mit der Wasserflasche in der Hand bereits unterwegs in Richtung Sofa. »Ich bin dabei.«

Morlen strahlte.

»Was gucken wir?« Thies zückte die Fernbedienung.

Morlen und ich tauschten einen Blick. Thies stöhnte leise auf, schaltete aber ohne Diskussion den Fernseher ein. Wir fläzten uns kichernd zu ihm. Billy sprang leichtfüßig aufs Sofa und tippelte einmal quer über meinen Freund, bis er sich auf dessen flacher gewordenem Bauch in einer Kuhle seines Sonntagflanellhemds zusammenrollte. Thies' Blick wurde butterweich.

Gerührt beobachtete ich die beiden. Meine große Liebe und den winzigen Kater. Und dann schauten wir alle gemeinsam *Tatsächlich Liebe*. Morlen und ich zumindest. Thies und Billy schliefen etwa bei Minute elf ein.

VIER TAGE VOR WEIHNACHTEN

DER

SCHÖNSTE

Weihnachtsbaum

wurde mit

DEM BREITESTEN

Lächeln

geschmückt.

Am Montagmorgen ging Thies wieder ins Büro. Der Winterdienst hatte mittlerweile alle wichtigen Straßen geräumt, und es hatte über Nacht keinen Neuschnee gegeben, sodass auch der öffentliche Nahverkehr wieder einigermaßen planmäßig funktionierte und es kein Argument mehr für Homeoffice gab. Thies, der sonst immer mit dem Rad fuhr, sah ein, dass es bei der Witterung keine gute Idee war, und nahm etwas widerwillig den Bus.

Morlen machte sich mit ihrer Gitarre auf, um noch einmal in der Fußgängerzone zu spielen, und ich bastelte an einem Flyer, auf dem ein Foto von Billy zu sehen war mit dem Hinweis, dass wir ihn gefunden hatten. Der kleine Kater schlief dabei auf meinem Schoß. Zwischendurch zuckte er im Schlaf. Ich betrachtete ihn lächelnd. Ich verstand schon, warum Thies seit Jahren lamentierte, dass er ein Haustier wollte, am liebsten eine Katze. Aber ich schätzte einfach unsere Unabhängigkeit. Und ich liebte es, mit Thies zu verreisen. Beides passte nicht gut zu Haustieren. Nicht nur, weil sie anderweitig versorgt werden müssten. Sondern vor allem, weil man ein Fellknäuel wie dieses am Ende so lieb haben würde, dass man freiwillig zu Hause blieb.

Wer wohl das schlafende Kätzchen auf meinem Schoß gerade vermisste? Mir wurde ganz flau bei dem Gedanken an weinende Kinder oder eine untröstliche Omi, die am Fenster saß und nach ihrem Liebling Ausschau hielt. Ich hatte heute früh bei allen Nachbarn in der Straße geklingelt. Aber niemand hatte eine Ahnung, wem Billy entlaufen sein könnte. Auch beim Tierheim war kein neuer Hinweis eingegangen. Man stellte mir am Telefon frei, das Kätzchen vorbeizubringen oder bis auf Weiteres bei uns zu behalten. Ich machte mir keine Illusionen: Genau diese Lösung würden Thies und Morlen natürlich vorziehen. Trotzdem wollte ich nichts unversucht lassen. Als die Flyer fertig waren, lief ich durch unser Viertel und klebte sie an Ampeln und Bushaltestellen.

Gegen Mittag kam Morlen zurück und stellte die Gitarre und eine Tüte in den Flur. Sie nahm sich nicht die Zeit, meine dicke Jacke und meine Moonboots auszuziehen, sondern kniete sich gleich hin und begrüßte den kleinen Kater, der laut miauend um ihre Beine strich.

»Du, Anni?«, fragte sie, ohne den Blick zu heben. »Kannst du mir kurz helfen?«

»Klar, wobei denn?«

»Du müsstest dir Schuhe anziehen.«

Ich schlüpfte in meine gefütterten Sneakers und folgte Morlen nach draußen. Sie war bereits auf dem Weg die Stufen hinunter. Jetzt sah ich, worauf sie zusteuerte. Zu meiner Überraschung lehnte an unserem

Gartenzaun eine in ein Netz gewickelte Tanne. Morlen stellte sie senkrecht hin und grinste verstohlen.

»Kleines Dankeschön. Weil ich hier wohnen darf. Außerdem …«, sie zupfte am Netz um den Baum, »… wollte ich Thies eine Freude machen, er wirkt gerade irgendwie traurig.«

Ein Kloß wanderte meinen Hals hinauf. So hatte ich das bisher nicht gesehen. Dass etwas nicht stimmte, war eindeutig. Er hängte keinen Weihnachtsschmuck auf. Er aß keine Plätzchen. Er wirkte ungewöhnlich in sich gekehrt. Er diskutierte über Dinge mit seiner Mutter, die ich nicht mitbekommen sollte. Ich hatte das Ganze bisher nicht richtig zu deuten gewusst, aber jetzt wurde mir klar, dass Morlen recht hatte: Er wirkte traurig.

»Das ist echt lieb von dir, Morlen. Vielen Dank!« Tränen schossen mir in die Augen. »Ich bin ganz gerührt.« Ich wischte mir schnell über die Wange. »Sorry, das hat man ab einem gewissen Alter.« Morlen hatte mich gestern schon damit aufgezogen, dass ich das letzte Drittel von *Tatsächlich Liebe* quasi durchgeheult hatte. »Komm, wir bringen das gute Stück rein.«

Wir hievten die Tanne die Stufen hinauf, wobei mir Nadeln in die Handflächen pikten. Dann legten wir sie quer ins Wohnzimmer. Ich ging in den Keller und suchte lange, bis ich die Kiste mit dem Schmuck und den Christbaumständer fand. Ich trug alles nach oben, wo Morlen bereits den Soundtrack von *Tatsächlich Liebe* aufgedreht hatte.

Die Tanne in den Christbaumständer zu bekommen war gar nicht so einfach. Als wir es geschafft hatten, schnitten wir das Netz auf, und sie entfaltete ihre Äste. Staunend musterte ich den Baum von oben bis unten. Er war nicht besonders groß und ein kleines bisschen schief gewachsen, aber ich fand ihn wunderschön.

»Wie hast du den bloß herbekommen?«, fragte ich schnaufend. »Außerdem war der doch bestimmt viel zu teuer.«

Morlen pflückte sich Tannennadeln von den Fingern. »Hab ganz gut was eingenommen heute. Er hat irgendeinen kleinen Fehler, deswegen habe ich ihn günstiger bekommen. Einer der Verkäufer hat mir mit der Sackkarre geholfen.«

Erstaunt sah ich sie an. »Du bist echt cool!«

Sie zuckte nur mit den Schultern.

Ich packte die Lichterkette aus und wickelte sie nach Morlens Anweisungen rings um unseren Christbaum. Dann stellte sie sich auf einen Stuhl, dessen Lehne ich festhielt, und reckte sich, um einen Strohengel auf die Spitze zu stecken. Anschließend öffnete ich die Kiste mit dem Schmuck. Als Erstes hängten Morlen und ich die bunt bemalten Holzfiguren auf, die Thies noch aus seiner Kindheit aufbewahrt hatte. Wir kombinierten sie mit den Retrostrohsternen, die ich auf einem Flohmarkt gefunden hatte. Ganz zum Schluss verteilten wir die bunten Kugeln.

In diesem Moment begann *Christmas Is All Around*. Morlen gluckste begeistert und drehte die Musik laut auf. Und mit einem Mal kam Schwung in die Sache.

Wir tanzten mit Kugeln in der Hand um den Baum und sangen aus vollem Hals mit. Morlen stellte das Lied auf Dauerschleife, und wir tanzten und sangen einfach weiter. Es war herrlich zu sehen, wie albern und gelöst Morlen sein konnte. Bis die Kiste leer war – und der Baum über und über voll mit Schmuck. Ich sah durch die vollgehängten Zweige rüber zu Marias Tochter. Ihre Wangen waren gerötet, ihre Augen funkelten glücklich. Das ganze Zimmer funkelte mit ihr mit. Und plötzlich spürte ich ein Gefühl in meinem Bauch, klar und deutlich. Das war Weihnachtsstimmung. Ich war zum ersten Mal in diesem Jahr wirklich in Weihnachtsstimmung.

Die halte ich jetzt fest, dachte ich. Wäre doch gelacht, wenn Thies sich nicht davon anstecken ließe. Und so stellten Morlen und ich noch die Räuchermännchen auf, hängten Sterne aus Transparentpapier an die Fenster, legten die Kerzenschiffchen aus Walnussschalen, die die Kinder einer Freundin für mich gebastelt hatten, in eine Glasschale mit Wasser und steckten die kleine Holzkrippe zusammen, die Mo uns mal von einem Worpsweder Kunstmarkt mitgebracht hatte. Schließlich zogen wir uns Jacken an und hängten auch draußen Lichterketten über die Eingangstür und rund um einen kleinen Busch im Vorgarten. Bis unser Häuschen von innen und außen leuchtete wie das Gefühl in meinem Bauch.

Etwas später lagen Morlen und ich erschöpft auf dem Sofa und beobachteten, wie Billy vor dem Christbaum saß und mit der Pfote gegen die untersten Kugeln tippte.

»Weihnachtself sein ist anstrengend«, sagte ich.

»Voll.« Morlen fuhr sich durch die etwas wirren Haare.

Ich betrachtete sie, wie sie die langen Arme und Beine über die Lehne baumeln ließ.

»Was ist?« Sie zog die Stirn kraus.

»Ach, ich dachte nur gerade …« Ich schob das Kissen unter meinem Kopf zurecht. »Warum bist du eigentlich zu uns gekommen? Du hättest zu einer Klassenkameradin fahren können. Ich meine …« Ich wischte ein paar Tannennadeln vom Sofa. »Versteh mich nicht falsch, ich freue mich riesig, dass du da bist. Ich hab mich nur gefragt, warum wir dein Zufluchtsort waren.«

In diesem Moment drehte sich der Schlüssel im Schloss. Morlen setzte sich blitzschnell auf und griff nach ihrer Gitarre, die sie bereitgestellt hatte. Ich rappelte mich etwas langsamer hoch. Wie besprochen spielte sie die ersten Akkorde von *Last Christmas* und begann zu singen. Ich durfte leise mitsummen. Wir hatten es vorher geprobt und waren uns einig, dass ich die Sache so nicht vollends ruinierte.

Thies trat ins Wohnzimmer, noch in Jacke und Schuhen. Er starrte uns mit großen Augen an. Zog seine Mütze vom Kopf. Sah sich staunend im ganzen Raum um. Als Morlen den letzten Ton ausklingen ließ, senkte er den Kopf.

»Bitte entschuldigt mich.« Er drehte sich abrupt um und lief zurück in den Flur.

Ich hörte noch, wie er seine Jacke aufhängte, dann seine Schritte auf der Treppe nach oben. Alarmiert sah ich zu Morlen, die nervös an ihren Fingern herumknibbelte.

»Haben wir was falsch gemacht?«, fragte sie leise.

»Vermutlich ist er nur gerührt.« Ich stand auf und lief hinter ihm her.

Ich fand Thies in unserem Schlafzimmer. Er saß mit dem Rücken zur Tür auf dem Bett, den Kopf in den Händen.

»Hey!« Ich setzte mich zu ihm und legte einen Arm um ihn. »Alles okay?«

»Es tut mir leid!« Seine Stimme klang belegt. »Ihr habt mich echt erwischt.«

Ich zog seinen Kopf zu mir und küsste seine Nase. Er hatte gerötete Augen. »Was ist los mit dir?«

Als Thies diesmal nicht abwiegelte, sondern schweigend auf den Boden sah, spürte ich, wie meine Weihnachtsstimmung zunehmend einem Ziehen in der Magengegend wich.

»Ich hatte doch diesen Gesundheits-Check-up, neulich bei der Arbeit.« Er fügte schnell hinzu: »Bitte mach dir keine Sorgen, aber … Ein paar Blutwerte waren nicht gut, der Cholesterinwert ist viel zu hoch. Ich wollte dich nicht beunruhigen, deswegen habe ich nichts gesagt.«

Ich streichelte über seinen Rücken. »Aber über so was müssen wir doch reden!«

»Ach.« Er drehte sich zu mir. »Es ist kurz vor Weihnachten, ich wollte dir die Stimmung nicht verderben. Und so wild ist das ja alles nicht.«

Ich machte ein empörtes Gesicht. »Entschuldige mal, dafür bin ich ja wohl da. Deiner Mutter hast du es doch auch erzählt, oder?«

»Ach«, sagte Thies wieder und rieb sich über die Wangen. »Die hat mich einfach so lange wegen diesem Rudergerät genervt, dass ich irgendwann aufgegeben habe.«

Ich griff nach seiner Hand. »Was hat der Arzt gesagt? Was sollst du jetzt tun?«

Er atmete tief aus. »Ein paar Kilo abnehmen, Sport, viel Gemüse, weniger Fleisch. Dann kann ich es vielleicht noch ohne Tabletten geradebiegen.«

Ich drückte seine Hand. »Tut mir leid, dass ich dich damit aufgezogen habe. Ich unterstütze dich natürlich.«

»Du bist lieb. Entschuldige, dass ich nichts gesagt habe.«

Ich umarmte ihn fest, und wir saßen eine Weile so da. Dann stieg der Geruch von angebratenen Zwiebeln in meine Nase. Mir fiel ein, dass Morlen heute für uns kochen wollte, ein Schupfnudelgericht, das ihre Oma immer gemacht hatte. Offenbar hatte sie schon angefangen.

»Morlen macht was zu essen.« Sanft kraulte ich Thies' Nacken. »Wollen wir mal nach ihr schauen gehen?«

Er nickte in meine Schulter hinein. »Klar. Entschuldige. Es geht schon wieder.«

Gemeinsam gingen wir runter. Morlen stand am Herd, rührte in einer Pfanne und sah uns skeptisch an.

Thies stellte sich neben sie. »Entschuldige bitte. Ich hab mich riesig über eure Überraschung gefreut, ich hab nur gerade … Ich war irgendwie überwältigt von meinen eigenen Gefühlen.«

Morlen nickte wissend. »Ich bin dreizehn. Wenn das jemand versteht, dann ich.«

Morlens Schupfnudeln schmeckten fantastisch. Sogar Thies aß trotz seiner aktuellen Diätvorhaben eine zweite Portion. Wir hörten leise Weihnachtsmusik und saßen in unserem funkelnden Wohnzimmer. Ich merkte, dass Thies sich wirklich Mühe gab, aber auch, dass es ihn anstrengte, für uns gut gelaunt zu sein. Nach dem Essen spielte er noch eine Partie Kniffel mit. Dann sagte er, er habe Kopfschmerzen, und verabschiedete sich früh ins Bett.

Morlen und ich räumten die Küche auf. Sie stellte wieder den Soundtrack von heute Nachmittag an und sang mit. Aber mir war nicht mehr danach. Ich grübelte noch über mein Gespräch mit Thies nach. Ging es wirklich nur um ein paar Blutwerte? Oder hatten dieser Arztbesuch und die Konfrontation mit dem Alter tatsächlich eine kleine Midlife-Crisis in ihm ausgelöst? Und wie konnte ich ihm helfen?

Morlen trällerte gekonnt einen hohen Ton und holte mich damit aus meinem Gedankenkarussell. Ich lächelte sie anerkennend an. Dann reichte ich ihr die gespülte Pfanne zum Abtrocknen.

Sie nahm sie entgegen und sagte: »Ich wusste, dass ihr mich in Ruhe lasst.«

Ich zog fragend die Augenbrauen hoch.

Sie fuhr mit dem Küchenhandtuch über den Pfannenboden. »Du hast mich doch vorhin gefragt, warum ich ausgerechnet hierhergekommen bin. Ich weiß nicht, aber … irgendwie wusste ich, dass ihr euch nicht einmischen und mich nicht stressen würdet.«

Ich spülte lächelnd weiter. »Das ist ein schönes Kompliment, danke.«

»Ich weiß, das klingt jetzt echt deep und so.« Sie stellte die Pfanne ab. »Aber irgendwie fand ich dich immer schon cool. Du bist so … selbstsicher.«

»Oh. Noch mal danke.«

Sie sah auf ihre Fingernägel, von denen sie die Nagellackreste mittlerweile entfernt hatte. »Ich bin gerade so was von nicht selbstsicher.«

Ich schnaubte leise. »Das war ich auch nie. Man muss erst mal herausfinden, wer man ist.«

Sie blickte mich neugierig an. »Und wie hast du das herausgefunden?«

Ich drehte mich zum Fenster und strich über den Klebestreifen eines Sterns aus Transparentpapier, der sich gelöst hatte. Dann seufzte ich tief. »Durch Ausprobieren und Scheitern. Immer wieder. Ich fürchte, anders geht es nicht.«

Ein Weihnachtssong von Taylor Swift begann, und Morlen sang wieder mit. Dabei trocknete sie den Pfannenheber ab. Plötzlich hielt sie noch einmal inne. »Und ist man damit irgendwann fertig?«

Jetzt musste ich lachen. »Nein, ich fürchte, das ist man nie.«

Und dann sangen wir doch noch ein bisschen gemeinsam.

DREI TAGE VOR WEIHNACHTEN

LICHTER
leuchten
heller
im Team

Über Nacht hatte es wieder geschneit, diesmal noch heftiger als zuvor. Thies war trotzdem mit dem Bus zur Arbeit gefahren, weil er vor Weihnachten unbedingt noch etwas im Büro erledigen wollte. Er war am Morgen zwar recht still gewesen, aber besser drauf als gestern Abend. Ich hoffte daher, dass die ganze Sache vielleicht doch nicht so groß war, wie ich kurz befürchtet hatte.

Morlen frühstückte mit Billy auf dem Küchenboden, als ich mir einen Kaffee eingoss. Ich lief mit der Tasse in der Hand in meinem Flanellschlafanzug zur Terrassentür und staunte über die dicke weiße Schicht auf dem Gartentisch. Augenblicklich musste ich grinsen, so schön sah es da draußen aus. Plötzlich überkam mich ein Impuls, den man als Kind ständig hat, aber als Erwachsener oft beiseitedrängt, weil man glaubt, Wichtigeres zu erledigen zu haben: der Impuls, jetzt unbedingt etwas tun zu müssen. Genau jetzt. Da draußen lag der perfekte Schnee. Alles andere würde warten müssen.

»Morlen!«, rief ich in die Küche.

»Ja?«

»Zieh dir was über, wir gehen raus.«

»Wie bitte?«

Ich war schon auf dem Weg zur Garderobe. »Wir bauen einen Schneemann.«

Sie kam mit irritiertem Gesichtsausdruck hinter mir her. »Ich bin fast vierzehn.«

Lachend stopfte ich die Beine meiner Schlafanzughose in meine Winterschuhe. »Ich bin achtunddreißig. Glaubst du, ab einem gewissen Alter ist das gefährlich?«

Der Schnee war genauso perfekt, wie er aussah. Er pappte so gut, dass wir innerhalb kurzer Zeit den unteren Teil des Schneemanns fertig hatten. Dafür, dass Morlen sich erst geziert hatte, war sie nun mit vollem Einsatz dabei. Wir wuchteten die zweite, mittlere Kugel mit vereinten Kräften auf die untere. Mehrmals rollte sie auf der anderen Seite wieder runter und zerbrach. Wir amüsierten uns köstlich dabei, sodass wir fast zu erschöpft waren, um einen erneuten Anlauf zu nehmen. Aber schließlich gelang es uns.

Wenig später besaß unser Schneemann auch einen Kopf. Morlen sammelte noch Steine und Stöcke für Gesicht und Arme und bat mich dann, mich danebenzustellen. Sie machte ein Foto mit ihrem Handy und lachte sich scheckig.

»Er ist fast so groß wie du.«

Ich streckte ihr scherzhaft die Zunge raus. »Hauptsache, du hast deinen Spaß.«

Morlen stellte sich auf die andere Seite und machte noch ein Selfie von uns drei Hübschen. »Hannah und Fritz haben mit Simon auch schon einen im Garten gebaut. Ich zeig dir gleich mal das Foto, das er geschickt hat.«

Sie scrollte auf ihrem Handy herum und hielt mir dann das Display hin. Darauf posierten ihre kleinen Geschwister strahlend neben einem Schneemann, die Gesichter über den Rundschals rot vor Kälte.

Ich wischte den Schnee vom Kiesweg und suchte nach ein paar kleineren Steinen. »Sag mal, warum willst du eigentlich gerade nicht zu ihnen?«

Morlen ließ ihr Handy in der Jackentasche verschwinden. »Ich will zu ihnen, aber ich will nicht zu Mama.«

»Und warum nicht?« Mit drei Steinen in der Hand kam ich wieder hoch.

»Sie will nicht, dass ich bei ihr wohne.«

Ich klopfte eine etwas unebene Stelle am Schneemannbauch flach. »Ne, du, darum geht es nicht.«

Morlen schwieg.

»Es war einer der härtesten Tage in ihrem Leben, als du zu Jan gezogen bist.« Ich drückte einen Stein unter den anderen in die mittlere Kugel. »Aber sie hat dich gelassen, weil sie wollte, dass du glücklich bist. Wenn sie jetzt drauf besteht, dass du in Düsseldorf bleibst, dann nur, weil sie das Beste für dich will.«

Morlen sah prüfend von den Schneemannknöpfen zu mir. »Warum bist du dir da so sicher?«

Ich tippte mit meinem nassen Handschuhzeigefinger auf ihre Nasenspitze. »Weil ich Maria seit dem Kindergarten kenne. Und wenn ich irgendetwas über sie weiß, dann, dass sie dich über alles liebt.«

Drinnen klingelte das Festnetztelefon, was selten geschah. Eigentlich rief nur noch Mo auf dem Festnetz an, aber die war mittlerweile in Florida angekommen, wie sie uns per Sprachnachricht mitgeteilt hatte. Ich streifte die Schuhe vor der Terrassentür ab, aber bis ich drinnen war, hatte es bereits aufgehört zu klingeln.

Ich hörte gerade den Anrufbeantworter ab, als zu meiner Überraschung Thies ins Wohnzimmer kam.

»Guten Tag, Müller, Tierheim Bremen hier«, tönte eine Männerstimme aus dem Anrufbeantworter. »Es ist eine Suchanfrage eingegangen, die auf den jungen Kater passen könnte, den Sie aufgenommen haben. Wir warten gerade noch auf Fotos und nähere Angaben, dann melde ich mich wieder.«

Thies und ich sahen beide gleichzeitig zu Morlen, die hinter mir stand. Sie wich unseren Blicken aus und ging wortlos ihre Jacke aufhängen. Billy folgte ihr neugierig mit federnden Schritten.

»Das heißt noch gar nichts!«, rief ich ihr hinterher.

Als Morlen zurückkam, stellte sich Thies vor uns hin. Er hielt einen unserer Einkaufsleinenbeutel in der Hand. »Hört mal, ihr beiden. Ich muss mich bei euch entschuldigen. Ich war echt komisch drauf die letzten Tage. Aber eure kleine Überraschung gestern hat mich aufgeweckt. Es ist Weihnachtszeit und daher …«, er zog etwas aus seinem Beutel, »… hab ich mir freigenommen und uns allen etwas besorgt.«

Zum Vorschein kam ein bunter Stoffballen. Thies schüttelte ihn aus: Es waren Einteiler mit aufgedruckten Rentieren und lustigen Rentierohren oben an den Kapuzen. Drei Stück.

»Ich drehe durch!« Vor Freude quietschend schnappte ich mir den kleinsten Overall und zog ihn an.

Morlen griff nach dem etwas größeren und stieg sofort hinein, und kurz darauf hatte auch Thies seinen übergezogen. Wir standen im Kreis und begutachteten uns gegenseitig. Dann prusteten wir laut los.

»Juchu!«, rief ich und wackelte mit meinen Rentierohren. »Mein Weihnachtself ist zurück!«

Den Rest des Tages backten wir zusammen Zimtsterne, ließen die Räuchermännchen qualmen und hörten laut die größten Weihnachtshits. Thies hatte sogar einen Bausatz für ein Lebkuchenhaus besorgt. Zunächst dachte ich, wenn Schneemannbauen für Augenrollen sorgte, würde Morlen Lebkuchenhäuser bestimmt erst recht als Kinderkram abtun. Doch sie pinselte kommentarlos die Fassaden mit Zuckerguss ein und klebte mit großer Begeisterung Gummibären und Mintdrops darauf. Mit geröteten Wangen fachsimpelte sie mit Thies darüber, wohin sie die goldenen Liebesperlen streuen sollte. Im Rentiereinteiler und ganz ohne dunkles Augen-Make-up wirkte sie auf mich wieder wie das zappelige Mädchen, als das ich sie vor etlichen Jahren kennengelernt hatte. Ich hatte sie direkt ins Herz geschlossen, weil sie mich von der Art her so an ihre Mutter Maria erinnerte, die in diesem Alter bereits meine beste Freundin gewesen war.

In Thies' Bart klebte mittlerweile Zuckerguss. »Was

hältst du davon, wenn wir die Fenster und Türen noch umranden?« Er schüttelte ein Tütchen mit Lebensmittelfarbe. »Ich wäre für Pink.«

Morlen spitzte die Lippen. »Wenn schon, denn schon, oder? Meinst du, wir schaffen ein Regenbogenmuster?«

Thies blies die Backen auf. »Challenge accepted.«

Wie ich den beiden so zusah, konnte ich nicht anders, als in mich hineinzugrinsen. Dabei schoss mir ein Gedanke in den Kopf, den ich lange nicht gehabt hatte und der mir direkt einen Stich versetzte: Er wäre ein guter Papa.

Etwa anderthalb Stunden später waren die zwei fertig. Sie hatten das hübscheste Lebkuchenhäuschen fabriziert, das ich je gesehen hatte. Auch wenn die Regenbogenfarben hier und da zu einem gräulichen Ocker ineinandergelaufen waren, was Morlen zuerst richtig sauer gemacht hatte. Schließlich hatte sie jedoch ihren Frieden mit ihrem Werk gemacht und war nach unten gegangen, um den Zuckerguss abzuduschen. Aus der oberen Dusche hörte ich Thies singen. Es geht ihm offenbar wirklich besser, dachte ich erleichtert.

Als sie zurückkamen, waren beide zwar frisch und sauber, hatten sich aber wieder die mit Zuckerguss verkleckerten Rentieroveralls angezogen. Wir ließen uns aufs Sofa plumpsen und überlegten gemeinsam, ob wir lieber *Kevin – Allein zu Haus* oder *Kevin – Allein in New York* schauen wollten. Wir alle liebten den zweiten Teil in New York, aber Morlen gab zögernd zu, dass sie sich vor der Taubenfrau gruselte.

»Entscheide du, Morlen, ich mach alles mit.« Thies lehnte sich zurück, griff nach einem frisch gebackenen Zimtstern und steckte ihn sich in den Mund.

Unsere Blicke trafen sich, und ich lächelte ihn an.

»Du hattest recht«, sagte er leise und zog mich für einen nach Zimt duftenden Kuss an sich. »Es ist nur einmal im Jahr Weihnachten.«

ZWEI TAGE VOR WEIHNACHTEN

Es gibt

IMMER

einen Grund

ZU

TANZEN.

Zur Not muss man einen erfinden.

Es schneite auch die nächste Nacht durch. Wir schliefen alle lange und schlüpften aus unseren Schlafanzügen direkt in die Rentieroveralls. Morlen streute ein paar von gestern Abend übrig gebliebene Kekskrümel über unser Müsli, und Thies stellte schon zum Frühstück ganz laut *White Christmas* an. Dann buchten Morlen und ich ihr für den nächsten Nachmittag ein Zugticket nach Norderney, und Thies ging Einkäufe für die Feiertage erledigen.

Ich wollte gerade in die Dusche steigen, als das Festnetztelefon klingelte. Ich lauschte nach unten und hörte Morlen sprechen, konnte jedoch nicht verstehen, was sie sagte.

Kurze Zeit später rief sie zu mir rauf: »Hat sich nur jemand verwählt.«

Als er vom Einkaufen zurück war, hantierte Thies mit Papierrollen und Tüten herum und tat geheimnisvoll. Mit Erleichterung registrierte ich, wie er dabei laut und gewohnt schief die Songs der Retro-Christmas-Playlist mitsang, die Morlen angestellt hatte. Auch sie packte ihre Geschenke ein.

Die beiden waren so beschäftigt, dass ich völlig ungestört in meiner Arbeit versinken und gleich mehrere neue Entwürfe fertigstellen konnte. Ich hatte mir solche Sorgen gemacht, es in dem ganzen Trubel nicht bis Weihnachten zu schaffen. Und nun lief es wie von selbst. Mit feierlicher Miene betrachtete ich meine gesammelten Illustrationen und Bastelideen. Dann speicherte ich alles ab und schickte den Ordner an den Verlag. Hoffentlich gefiel meiner Lektorin, was ich gemacht hatte.

Danach packte ich ein großes Paket mit den Geschenken für meinen Bruder, seine Söhne und meine Eltern. Sie luden Thies und mich jedes Jahr ein, Heiligabend mit ihnen in Ostwestfalen zu feiern, aber wir blieben lieber bei Mo und besuchten meine Familie meist an einem der Weihnachtsfeiertage.

Als ich durch die Terrassentür nach draußen in Richtung unseres Schneemanns sah, stellte ich überrascht fest, dass es bereits dämmerte. Wo sind denn die anderen beiden, fragte ich mich – und in diesem Moment traf mich etwas Nasses im Nacken. Mit einem spitzen Schrei drehte ich mich um.

Thies und Morlen standen in der Küche und lachten sich kaputt. Sie trugen Mützen, Jacken und Handschuhe. Ich fasste mir in den Nacken und wischte den Schnee weg, den ich zu fassen bekam. Der Rest rutschte mir den Rücken herunter. Als ich die diebische Freude auf den Gesichtern von Morlen und Thies sah, musste ich trotzdem mitlachen.

»Na wartet!« Ich sprang auf.

Aber da rannten die beiden schon zur Haustür. Ich lief hinter ihnen her in den Flur, schlüpfte in meine

Winterschuhe und warf mir meinen Parka über. Handschuhe und Mütze fand ich so schnell nicht. Draußen blieb ich auf der obersten Stufe stehen und hielt Ausschau nach Thies und Morlen.

Paff – der nächste Schneeball traf mich am Bauch. Ich schirmte mein Gesicht mit den Händen ab. Von der Straße lachte jemand. Wumms – etwas streifte mich nasskalt am Kopf. Ich stieß einen Kampfschrei aus, rannte die Treppe hinunter und sammelte vom Boden so viel Schnee auf, wie ich konnte, während die anderen versuchten, mich abzuwerfen. Schließlich hockte ich mich hinter unseren Gartenzaun und formte einen Vorrat an Schneebällen, um mich zu verteidigen.

Wo waren die zwei denn jetzt? Versteckten sie sich auf der anderen Seite des Zauns und warteten, bis ich mich zeigte?

Ich hatte den Gedanken noch nicht ganz zu Ende gedacht, als plötzlich Thies über den Zaun hechtete und mit einer Art Schulterrolle den Vorgarten planierte. Es ging alles so schnell, dass ich vergaß, ihn zu bewerfen. Ich sah ihn nur mit breitem Grinsen auf mich zueilen und mich mit sich in den Schnee reißen. Sah Morlen heranrennen. Sah Schnee, überall, spürte die Kälte an meinem Hinterkopf und im Gesicht. Zu meiner Erleichterung bemerkte ich, dass die anderen beiden sich mittlerweile auch gegenseitig bewarfen. Morlen stopfte Thies Schnee oben in die Jacke, Thies seifte sie mit einem großen Klumpen ein, sodass sie laut aufkreischte.

Irgendwann schrie ich: »Pause! Bitte kurze Pause!«, und wir sackten erschöpft in uns zusammen.

Und dann lagen wir nebeneinander in unserem Vorgarten. Alles an mir war voller Schnee. Ich versuchte, ihn mir von den Augenlidern zu wischen. Ich blinzelte zum Himmel, aus dem noch immer dicke Flocken auf uns niederschneiten. Meine Schulter lag direkt neben der von Thies, der heftig atmete und dazwischen immer wieder vergnügt auflachte. Seine Handschuhhand suchte nach meiner. Jetzt erst, wo ich zur Ruhe kam, spürte ich, wie eiskalt meine Finger waren.

Auf meiner anderen Seite lag Morlen, die ganz still geworden war. Ich drehte den Kopf zu ihr und blickte sie zwischen den Schneeklümpchen auf meinen Wimpern an. Sie musste immer wieder blinzeln, weil ihr neue Flocken ins Auge fielen. Über ihre Wangen rannen Tropfen, und ich war nicht sicher, ob es nur Tauwasser war. Ich suchte im Schnee nach ihrem Handschuh und drückte ihn mit meinen fast tauben Fingern.

Sie drehte ihr Gesicht zu mir und sagte leise: »Ich glaub, ich hab Liebeskummer.«

Später lag Morlen abgetrocknet und geföhnt mit Billy auf dem Bauch in ihrem Bett. Ich setzte mich in meinem extralangen Fleece-Sweatshirt zu den beiden auf die Bettkante.

»Na dann, schlaft mal gut«, sagte ich und streichelte Billy über den warmen Rücken.

»Du, Anni …« Morlen betrachtete liebevoll den Kater.

»Ja?«

Ich konnte sehen, wie sie mit sich kämpfte. »Ach nichts.«

Aus einem Impuls heraus traute ich mich zu sagen: »Es klingt vermutlich abgedroschen, aber … es wird weniger furchteinflößend.«

Sie hob den Blick. »Schneeballschlachten?«

Ich kicherte. »Das Verliebtsein.«

Sie seufzte tief. »Wirklich?«

Ich überlegte einen Moment. »Eigentlich nicht.«

Wir mussten beide lachen.

Dann sagte sie: »Erinnerst du dich noch an Jonas? Er kommt jeden Sommer mit seinem Vater nach Norderney. Und dann sehen wir uns. Ich dachte mit elf schon mal, ich wäre in ihn verknallt, aber eigentlich war das nichts. Aber letzten Sommer hat sich irgendetwas zwischen uns geändert …« Sie knibbelte an ihren Nägeln. »Vor ein paar Tagen hat er mir ein Foto von seiner Freundin geschickt.«

Morlen drehte sich zum Nachttisch, woraufhin Billy irritiert maunzte. Sie nahm ihr Handy, wischte darauf herum und hielt mir das Display hin. Zu sehen war ein Pärchen in Morlens Alter. Der junge Mann hatte kinnlange braune Haare und trug ein schickes weißes Hemd.

»Das ist Jonas?« Ich nickte anerkennend. »Der ist … groß geworden.«

Morlen tippte neben den Jungen, wo ein Mädchen mit Glitzerminikleid, Schmollmund und sehr langer Mähne stand. »Das ist sie.«

Ich schüttelte den Kopf. »Du bist viel cooler.«

Morlen legte das Handy weg. »Aber wenn er auf so eine Tussi steht, dann … dann habe ich mir das im Sommer zwischen uns wohl nur eingebildet.«

Ich rubbelte mit den Händen durch meine noch leicht feuchten Haare. »Hat er geschrieben, dass sie seine Freundin ist?«

»Nein, er hat nur das Foto geschickt und *Frohe Weihnachten, Dünenmaus* geschrieben.« Sie rollte mit den Augen.

»Dünenmaus?«

»Spitzname halt. Von früher.« Sie wurde ein bisschen rot. »Er ist Sandhase.«

Ich lachte, beherrschte mich jedoch schnell wieder, weil Morlen nicht mit einstimmte. »Vielleicht ist das nur ein Partybild und bedeutet gar nichts.«

»Kann sein.«

Ich kniff die Augen zusammen. »Oder er will dich eifersüchtig machen? Hast du ihm geantwortet?«

Sie schnaubte laut. »Auf keinen Fall.«

So stolz wie ihre Mama, dachte ich. Laut sagte ich: »Glaub mir, es wird noch einige Jungs geben, die viel dafür geben würden, so ein Foto mit dir zu schießen.«

Jetzt lächelte sie ganz leicht. »Solange ich dafür keinen solchen Fummel tragen muss.«

Ich wollte gerade aufstehen, als Morlen nach meinem Unterarm griff. Sie sah mich mit ungewohnt ernstem Blick an.

»Hey, was ist?«, fragte ich.

Sie ließ meinen Arm los und sah wieder zu Billy,

der sich fest zusammengerollt hatte. »Nichts. Schlaf gut!«

Im Wohnzimmer war Thies gerade dabei, Schokoringe mit bunten Zuckerperlen an Bändchen an den allerletzten freien Zweigen des Weihnachtsbaums aufzuhängen. Ein zufriedener Ausdruck lag auf seinem Gesicht. Ich stand still da und beobachtete für einen Moment meinen Freund. Er hatte seinen schneenassen Rentieranzug gegen einen Weihnachtspulli eingetauscht, den ich ihm mal aus Quatsch mitgebracht hatte. Er sah darin aus wie Mark Darcy in *Bridget Jones*, nur mit Bart. Mein großer, starker Freund.

Er drehte sich zu mir um, und in diesem Moment erklangen die ersten Töne von *All I Want for Christmas Is You*. Thies' Lippen verzogen sich zu einem breiten Lächeln. Er legte die restlichen Schokoringe auf den Couchtisch, kam mit federnden Schritten auf mich zu und nahm meine Hände.

Und dann tanzten wir. Dass wir nicht besonders gut tanzen konnten, hatte uns noch nie davon abgehalten, es besonders ausgelassen zu tun. Und so war es auch jetzt. In den gemeinsamen Jahren hatten wir unsere eigene, leicht ironische Choreografie entwickelt. Und die gaben wir nun vor unserem funkelnden Weihnachtsbaum in unserem kleinen Wohnzimmer in unserem eingeschneiten Häuschen zum Besten. Wir warfen die Arme in die Luft, schwangen die Hüften, und Thies drehte mich so schnell im Kreis, dass ich fürchtete, wir würden dabei die Kugeln vom Baum fegen.

Schließlich zog er mich ganz nah an sich und hielt mich fest. Ich konnte spüren, wie heftig er atmete, weil er sich so angestrengt hatte. Er beugte sich zu mir herunter und strahlte mich so liebevoll an, dass mir ganz schwindelig wurde.

»*All I want for Christmas is youhuhuuu*«, sang er leise mit. »*Youhuuuuuuuuuuhuuuhuuu, baby.*«

Dann küsste er mich innig. Ich war so glücklich in diesem Moment, dass ich dachte, ich würde von innen heraus funkeln wie unser Baum. Bis ich in sein Gesicht blickte, als er sich von mir löste: Thies sah nicht so glücklich aus, wie ich mich fühlte.

Augenblicklich erlosch das Funkeln in mir. »Alles okay?«

Sein Lächeln wirkte angestrengt. »Ja, schon.«

»Ist es wegen der Blutwerte? Machst du dir solche Sorgen?«

Er wischte sich über die vom Tanzen feuchte Stirn. »Das hat mich irgendwie ganz schön nachdenklich gemacht. Plötzlich denkt man über die eigene Endlichkeit nach.«

Ich nahm sein Gesicht in beide Hände. »Du bist noch keine vierzig, Thies. Du hast noch so viel vor dir. Wir haben noch so viel vor uns.«

Er hörte mir nicht wirklich zu. »Mama wird auch nicht jünger. Wer weiß, wie viele Weihnachten wir noch gemeinsam haben.«

»Pffft«, machte ich. »Mo überlebt uns alle. Und du wirst sehen, nächstes Jahr feiern wir wieder zusammen.«

»Vermutlich hast du recht.« Er seufzte tief. »Trotzdem stelle ich mir seit diesem blöden Check viele komische Fragen. Zum Beispiel, ob …« Er sah mich ernst an, und mir wurde mulmig. »Ob das schon alles war.«

»Schon alles war?«

»Ob es noch Dinge gibt, die man erlebt haben will. Ob alle Entscheidungen, die man getroffen hat, die richtigen sind. Solche Sachen.«

Ich spürte wieder dieses Ziehen im Magen, wie vorgestern, als er mir erstmals von den Ergebnissen der Untersuchung erzählt hatte. »Welche Entscheidungen meinst du?«

Er schluckte schwer, dann beugte er sich wieder vor und legte seine Stirn an meine. »Ach, ich weiß auch nicht. Vergiss es bitte, ich bin gerade echt komisch drauf.«

»Das verstehe ich«, erwiderte ich, aber meine Stimme klang hohl.

Elvis Presley begann, *Blue Christmas* zu singen. Thies küsste mich noch mal, diesmal deutlich weniger innig. Dann ließ er mich los. »Mach dir keine Sorgen.«

Und während er sich wieder den Schokoringen widmete, begann ich, mir richtig Sorgen zu machen.

EIN TAG VOR WEIHNACHTEN

Das Glück ist wie ein Eiskristall.

Je mehr Licht du darauf wirfst,

desto heller funkelt es.

Ich schlief unruhig in dieser Nacht. Der Wind fegte heulend durch die Straße vor unserem Haus. Thies wälzte sich neben mir von links nach rechts und wieder zurück. Und ich musste immer wieder an seine Worte denken.

Ob das schon alles war …?

Ob alle Entscheidungen, die man getroffen hat, die richtigen sind?

Meinte er damit uns? Unsere Beziehung? Hatte ich mich zu Unrecht in Sicherheit gewogen in den vergangenen Jahren? Thies und ich hatten schon einmal eine große Krise gehabt. Damals war es darum gegangen, dass er heiraten wollte und ich nicht. Es ging doch nicht etwa wieder um dieses Thema? Ich konnte es mir eigentlich nicht vorstellen, das hatten wir lange hinter uns gelassen.

Mich beschlich ein anderer Verdacht. Es könnte auch um eine weitere wichtige Lebensentscheidung gehen, eine, die sich nicht revidieren ließe. Um die Frage aller Fragen: Wollen wir Kinder haben? Thies wusste, dass ich diesen Wunsch nie verspürt hatte. Er hatte einmal gesagt, dass er es sich durchaus vorstellen könnte – aber dass es kein Muss für ihn wäre, kein Lebensziel.

Es rührte mich jedes Mal, wenn ich sah, wie er ein Kleinkind zum Probieren von Brokkolisuppe ermutigen konnte, indem er den Löffel wie ein Flugzeug kreisen ließ. Wie er sich begeistert auf aufzubauende Legokräne stürzte oder seine Stimme beim Barbiespielen verstellte. Wir beide waren gerne der lustige Onkel und die liebe Tante, die irgendwann wieder fuhren. Dachte ich. Hatte Thies von dieser Entscheidung gesprochen? Hatte sich seine Einstellung etwa geändert?

Völlig gerädert wachte ich morgens nach nur wenigen Stunden Schlaf auf. Aus der Küche drangen bereits Geräusche zu mir herauf. Ich blieb noch kurz im Bett liegen und dachte an gestern Abend zurück. Wie wir vor dem Weihnachtsbaum getanzt hatten. Thies im Weihnachtspulli, ich im langen Fleece-Sweatshirt. So waren wir. Eins von diesen Pärchen, bei denen andere die Augen verdrehten, weil wir auch nach vielen Jahren noch unter jedem Mistelzweig knutschten und ständig Händchen hielten. Dennoch: Etwas stimmte nicht. Vermutlich schon seit einiger Zeit. Und ich hatte es nicht bemerkt.

Ich ging ins Bad und wusch mir das Gesicht mit kaltem Wasser. Im Spiegel betrachtete ich meine blasse Haut, meine müden Augen, das noch ungekämmte Haar. Ich wurde immer für jünger gehalten, und genauso fühlte ich mich auch oft. Aber das entsprach nun mal nicht der Realität. Ich war jetzt achtunddreißig. In einem Alter, in dem manche Entscheidungen getroffen werden, die sich nicht revidieren lassen.

Das ist nicht unsere erste Krise und sicher nicht die letzte, dachte ich und atmete tief durch. Entschlossen zog ich meinen Rentieroverall über, schlüpfte in die Plüschpantoffeln und ging nach unten.

Thies rührte in der Küche in einem Topf. Als er mich sah, grinste er schräg. »Hey du.«

»Hey.« Ich schnupperte in die Luft. »Was kochst du schon um diese Uhrzeit?«

Er rührte energisch weiter. »Ich probiere eine Soße für den veganen Braten aus, den ich morgen kochen will.«

»Veganer Braten, verstehe.« Ich schaute skeptisch auf die blubbernde braune Flüssigkeit.

»Glaub mir, das wird köstlich.«

Sehnsüchtig dachte ich an die Filetspitzen, die Thies in den letzten Jahren immer an Heiligabend zubereitet hatte.

»Wo ist eigentlich Morlen?«, fragte ich.

»Die beiden Kleinen schlafen noch«, sagte Thies mit einem Lächeln in der Stimme.

Er wirkte wieder ganz normal. Als wäre gestern nichts gewesen. Als hätte er mir nicht ein paar Dinge um die Ohren gehauen, die mir den Schlaf geraubt hatten.

Plötzlich hielt ich es nicht mehr aus. »Du«, sagte ich ernst. »Ich würde gern noch mal über gestern sprechen.«

Er schaltete den Herd aus und schob den Topf auf eine andere Platte. »Worüber denn?«

Ich sah ihn fest an. Wenn es nicht so traurig gewesen

wäre, wäre es lustig gewesen. Ein sehr kleiner, schmaler Mensch und ein großer, ziemlich breiter, beide in Rentiereinteilern.

»Was hast du gemeint mit den Entscheidungen, die man vielleicht falsch trifft?«, fragte ich.

Er hob den Blick. »Ach das.«

Ich schluckte.

Er lehnte sich mit dem Rücken gegen den Kühlschrank und rieb sich über den Bart. »Ich hab es dir ja schon gesagt. Ich frage mich gerade, was ich unbedingt noch machen muss, was ich noch erlebt haben muss. Und dann kamen auch noch Billy und Morlen zu uns, und …« Seine Stimme klang heiser.

Ich stand wie angewurzelt da und spürte, wie sich alles an mir verspannte. »Und da hast du dich gefragt, ob du das auch willst?«

Sämtliche Hoffnungen, dass ich etwas falsch verstanden haben könnte, schwanden bei einem Blick in Thies' Gesicht dahin.

»Es ist vermutlich Teil dieser kleinen Krise, wie du es nennst. Ich stelle einfach gerade alles infrage.«

Ein paar Minuten schwiegen wir gemeinsam.

Schließlich schaffte ich es, auf ihn zuzugehen und meine Arme um ihn zu legen. Mit dem Kopf an seiner Brust sagte ich: »Danke, dass du so ehrlich zu mir bist.«

Er küsste mich auf die Haare. »Es ist bestimmt nur eine Phase.«

»Bestimmt«, sagte ich in seine warme Brust hinein.

Er küsste erneut meinen Kopf. »Jetzt genießen wir erst einmal die Feiertage, okay?«

Nachdem ich eine Stunde vergeblich versucht hatte, mich der ungeöffneten Post auf meinem Schreibtisch zu widmen, kam es mir langsam merkwürdig vor, dass Morlen noch immer schlief. Vor allem, weil sie in den vergangenen Tagen immer vor mir aufgestanden war. Da ich mich nach meinem Gespräch mit Thies ohnehin auf nichts konzentrieren konnte, schlich ich die Treppe in den Keller hinunter. Alles ruhig. Die Tür zum Gästezimmer war nur angelehnt. Vorsichtig schob ich sie auf.

Mir blieb kurz das Herz stehen. Morlens Bett war leer. Die Bettwäsche war ordentlich glatt gezogen. Und nicht nur das: Die Weihnachtskarten waren nicht mehr da, die Stoffkatze, die Klamotten, die Reisetasche, der Gitarrenkoffer. Alles weg. Nur auf dem Schreibtisch lag noch etwas. Die Stifte, die ich Morlen geliehen hatte, daneben ein Umschlag und ein mit hübschem Geschenkpapier verpacktes Paket.

»Thies!«, rief ich nach oben.

Sekunden später stand er hinter mir und sah sich mit großen Augen um. »Wo … Ach du Scheiße!«

Ich riss den Umschlag auf und las laut vor, was dort in einer ordentlichen Schreibschrift geschrieben stand: »Liebe Anni, lieber Thies! Vielen Dank für alles. Ihr seid die Allercoolsten. Frohe Weihnachten, Eure Morlen.«

Thies rief Jan an, ich Maria. Beide blieben erstaunlich entspannt und versuchten, uns zu beruhigen. Ganz bestimmt sei Morlen auf dem Weg nach Düsseldorf oder nach Norderney und würde sich bald melden. Ihr Handy hatte sie ausgeschaltet.

Erst nachdem ich mir etwas Richtiges angezogen hatte, realisierte ich, dass noch jemand fehlte. »Sie hat Billy mitgenommen.« Das war mir in der ganzen Aufregung gar nicht aufgefallen.

»Wundert dich das?« Thies wickelte sich Mos Strickschal um und zog sich Schuhe an.

Ich schuttelte den Kopf. Nein, es wunderte mich nicht. Aber warum war sie überhaupt abgehauen? Und wohin? Gestern hatten wir es doch noch so nett miteinander gehabt, und nachher fuhr ohnehin ihr Zug, für den wir einen Sitzplatz reserviert hatten. Wollte sie die Katze nicht mehr hergeben? Oder wollte sie partout nicht zu ihrer Mutter?

Thies fuhr zum Bahnhof, um dort nach Morlen zu suchen. Ich machte mich auf den Weg in die überfüllte Innenstadt. Drängelte mich durch die Fußgängerzone voller Menschen, die in letzter Minute Weihnachtsgeschenke kauften. Lief zu der Stelle, an der Morlen Gitarre gespielt hatte, und weiter zum Weihnachtsmarkt, wo das Kinderkarussell seine Runden drehte. Sogar ins Getümmel des Spielwarengeschäfts stürzte ich mich. Aber nirgends eine Spur von Morlen.

Erschöpft und besorgt kam ich zwei Stunden später wieder nach Hause und traf vor unserem Haus auf Thies, der gerade die Tür aufschloss.

Er drehte sich zu mir um und verzog leicht gequält das Gesicht. »Keine Spur, und bei dir?«

Ich schüttelte hilflos den Kopf.

»Wo ist sie denn nur?«

»Ich ruf noch mal Maria an«, sagte ich beim Reingehen und zog das Handy aus der Jackentasche.

Meine Freundin klang immer noch relativ entspannt. Ihre Tochter war irgendwo da draußen in diesem Winterwetter unterwegs – und Maria nahm es locker. Es war mir ein Rätsel, wie sie das machte. Gleichzeitig war ich dankbar, denn es reichte ja, dass Thies und ich wie aufgescheuchte Hühner durch ganz Bremen rannten.

Am frühen Nachmittag klingelte das Telefon. Thies und ich stürzten gleichzeitig hin. Ich ging dran und stellte es auf laut.

»Moin, Tierheim Bremen hier.«

Mein Herzschlag beruhigte sich wieder. »Moin.«

»Ich wollte mich noch mal nach dem Kätzchen erkundigen. Sie haben nicht zurückgerufen.«

»Zurückgerufen?«

»Ja, ich hatte gestern mit Ihrer Tochter gesprochen und um Rückruf gebeten.«

Thies und ich sahen uns an.

»Die Suchanfrage passt tatsächlich auf den Kater, den Sie gefunden haben.«

»Entschuldigen Sie«, sagte ich. »Wir …«

Thies nahm mir den Hörer aus der Hand, stellte den Lautsprecher aus und begann mit Engelsgeduld, den Mann über das Verschwinden von Kind und Katze zu informieren. Ich ließ mich auf einen Stuhl am Esstisch sinken.

Als Thies aufgelegt hatte, setzte er sich seufzend zu mir. »Deswegen ist sie weg.«

Ich nickte. »Sie wollte Billy nicht hergeben. Ich glaube, sie wollte mir das gestern beim Zubettgehen sagen, hat es aber nicht geschafft.«

Thies rieb sich übers Kinn. »Wo sind die zwei nur hin?«

Um vierzehn Uhr dreiundfünfzig sollte Morlens Zug nach Norddeich Mole abfahren. Eine halbe Stunde vorher war ich am Bahnhof. Ich schaute in den Kiosken, den Bäckereien und in der Bahnhofsmission, wo Thies heute Vormittag auch schon gewesen war. Ich hatte Morlen das Onlineticket ausgedruckt, sie müsste es also bei sich tragen. Es gab noch immer eine gute Chance, dass sie diesen Zug nehmen wollte und sich so lange versteckt hatte, aus Angst, wir würden ihr die Katze abnehmen.

Als der Regionalexpress zehn Minuten vor Abfahrt eintraf, lief ich am Bahnsteig auf und ab und suchte vergeblich nach Morlen. Dann stieg ich ganz vorne ein und lief durch die Abteile. Einen Tag vor Heiligabend war der Zug wie erwartet voll, alle wollten nach Hause oder Verwandte besuchen. Oder sie waren auf dem Weg in den Urlaub, um an der Küste oder auf einer der ostfriesischen Inseln die Feiertage zu verbringen. In den Gängen stand alles voller Gepäck, an dem ich mich mühsam vorbeischlängelte.

Als ich etwa in der Mitte des Zuges angekommen war, ertönte die elektronische Ansage am Bahnsteig:

»Abfahrt von Gleis sieben: RE 1 nach Norddeich Mole. Türen schließen selbsttätig.«

Ich stand mitten im Abteil. Ich muss aussteigen, dachte ich, der Zug fährt gleich los.

Der Schaffner pfiff, und kurz bevor ich hektisch werden konnte, wurde mir bewusst: Dies war ein Regionalexpress. Er hielt an jeder Gießkanne. Ich konnte in Ruhe bis nach hinten durchgehen und dann bei einer der nächsten Haltestellen wieder aussteigen und mit dem Zug in die Gegenrichtung zurückfahren.

Und so kämpfte ich mich bis ans Ende des Zuges durch. Als ich es geschafft hatte, hatten wir längst die Weser überquert und hielten in einem der Vororte von Bremen. Keine Spur von Morlen.

Die Türen öffneten sich. Kalte Luft strömte herein. Jemand drängte sich mit einem großen Koffer an mir vorbei und murmelte etwas Unverständliches. Vermutlich, weil ich im Weg stand. Aber ich stieg nicht aus. Ich blieb in der geöffneten Tür stehen, und irgendetwas hielt mich zurück. Bis sie sich mit einem Piepen wieder schloss und wir uns ein weiteres Stück von Bremen entfernten.

Ein paar Minuten stand ich ganz still da und sah nach draußen, wo Bremens Vororte nach und nach an uns vorbeizogen. Schließlich nahm ich mein Handy, öffnete die Mail mit Morlens Zugbuchung und suchte nach dem Platz, den wir für sie reserviert hatten.

Ich ließ mich auf den freien Sitz sinken und schrieb Thies eine Nachricht:

Ich fahre nach Norderney. Kuss, A.

Maria schrieb ich die gleiche Nachricht, nur ohne Kuss.

Dann lehnte ich mich zurück und betrachtete die verschneiten Dörfer, durch die wir fuhren. Die dicke Schicht Schnee auf den Vogelhäuschen in den Gärten. Die hell erleuchteten Wohnzimmer dahinter, in denen die Weihnachtsbäume funkelten. Ich fahre wirklich nach Norderney, dachte ich.

Ich besuchte Maria oft, ich kannte diesen Regionalexpress, ich kannte diese Strecke. Aber diese Fahrt fühlte sich an wie meine allererste. Wie die vor dreieinhalb Jahren, als ich schon einmal auf die Insel geflohen war, weil Thies mich heiraten wollte und ich wollte, dass alles blieb, wie es war. Ich hatte in diesem Zug gesessen und hinausgesehen und mich gefragt, was aus uns werden würde. Und aus mir. Ich musste unvermittelt lächeln. Diesmal hatte ich nicht mal eine Zahnbürste dabei.

Nach etwa einer Stunde, als draußen nur noch Wiesen und Weiden vorbeizogen, unterbrochen von Wassergräben, an denen hier und da eine alte Mühle stand, kam ich langsam zur Ruhe. Mir ging durch den Kopf, wie Morlen mir gestern Abend von ihrem Liebeskummer wegen Jonas erzählt hatte. Könnte er wissen, wo sie war?

Ich zog wieder mein Handy aus der Jackentasche. Maria und Thies hatten mir geantwortet. Maria mit einem Daumen nach oben, ohne weiteren Kommentar. Vermutlich trug sie auf jeder Hüfte ein Kind und telefonierte parallel herum, wo das dritte abgeblieben sein könnte. Thies hatte geschrieben: *Okay. Ich halte hier die Stellung.*

Ich fragte Maria nach Jonas' Nummer, und sie schickte postwendend seinen Kontakt, auch das kommentarlos.

Mit einem kurzen Stoßgebet, dass mich das Handynetz hier mitten im Nirgendwo nicht im Stich ließ, wählte ich Jonas' Nummer.

Er nahm sofort ab. »Ja?« Eine überraschend dunkle Stimme. Als ich ihn zuletzt gesehen hatte, hatte er noch anders geklungen.

»Spreche ich mit Jonas?«

»Ja, wer ist denn da?«

»Hier ist Anni, eine Freundin von Morlens Mutter Maria.«

»Ah.«

»Hör mal, es kommt dir bestimmt komisch vor, dass ich dich anrufe und das frage, aber Morlen ist nicht zufällig bei dir?«

Einen Moment war es still. Dann sagte er: »Nein. Wieso?«

»Und sie hat sich auch gestern oder heute nicht bei dir gemeldet?«

»Ne. Was ist denn los?«

»Ach. Lange Geschichte. Morlen war bei uns in Bremen, jetzt ist sie verschwunden, und wir wissen nicht, wo sie ist. Du bist quasi mein Joker.«

»Ist was passiert?«

»Nein, nein, nicht wirklich, sie taucht bestimmt bald wieder auf.«

Erneut war es kurz ruhig. »Sagst du mir dann Bescheid?«

»Klar, mach ich. Keine Sorge, das wird sich alles ganz bald aufklären.«

Der Zug wurde immer leerer. Nur noch ein paar Urlauberfamilien waren mit mir im Waggon, als er schließlich in Norddeich Mole anhielt.

Auf dem Bahnsteig sah ich mich um. Keine Morlen. Ein eisiger Wind blies mir entgegen. Ich lief mit den anderen Fahrgästen in Richtung Fähre. Sie lag im Schneetreiben im Hafenbecken und hob sich hell gegen den bereits dunklen Himmel ab. Über uns kreischten die Möwen. Ich ging an Bord und kontrollierte zum wiederholten Mal mein Handy. Keine neuen Nachrichten.

Ich suchte mir einen Platz im Innenbereich der Fähre und schaute aus dem Fenster. Nachdem wir die Lichter des Hafens hinter uns gelassen hatten, sah ich nur die Schneeflocken, die gegen die Scheibe flogen. Es schaukelte stärker, als ich es von meinen Überfahrten im Sommer kannte.

Irgendwann hielt ich es im Bauch des Schiffes nicht mehr aus und stieg an Deck. Niemand saß auf den sonst so beliebten roten Plastikbänken, die von einer dicken Schneeschicht bedeckt waren. Der Wind pfiff heftig. Ich steckte die Hände in die Taschen und stellte mich an die Reling. Ich fahre nach Norderney, dachte ich noch einmal. Morgen ist Heiligabend, und ich fahre nach Norderney.

Mir wurde mulmig bei dem Gedanken. Fuhr ich nach Norderney, weil ich nach Morlen suchte? Oder weil ich vor meinem Konflikt mit Thies davonlief? Es wäre nicht das erste Mal.

Ich musste an den Sommer denken, in dem ich mich mit Maria versöhnt hatte, nachdem wir uns viele Jahre lang aus den Augen verloren hatten. Als ich nach Norderney kam, wir uns aussprachen und ich Morlen kennenlernte. Ich erinnerte mich noch genau, dass sie das allererste Kind war, das ich richtig cool fand. Jetzt war dieses Kind ein Teenager, der begann, seine eigenen Lebensentscheidungen zu treffen.

Am Horizont zeichnete sich die Küstenlinie der Insel ab. Warum will ich eigentlich keine Kinder, fragte ich mich. War es nur der Wunsch nach persönlicher Freiheit? Wollte ich meinen Thies schlicht mit niemandem teilen? Scheute ich mich vor der Verantwortung?

Eigentlich mochte ich Kinder, aber ich hatte mich einfach nie als Mutter gesehen. Damit hatte ich bis gestern nie gehadert, schließlich mussten ja nicht alle im Leben den gleichen Weg einschlagen. Doch wenn Thies gerne Vater wäre, was bedeutete das dann für uns?

Die Fähre näherte sich gemächlich der Insel. Ich zitterte mittlerweile vor Kälte. Aber irgendwie wollte ich nicht wieder reingehen. Hier draußen konnten wenigstens meine Gedanken frei fliegen. Immer wieder stellte ich mir dieselbe Frage: Wie würden Thies und ich unser Problem lösen?

So lange, bis die Fähre schaukelnd anlegte.

Wie immer, wenn ich Maria länger nicht gesehen hatte, war ich überrascht, wie schön meine Freundin war. Sie stand vor dem Fährterminal, die Hände tief in den Manteltaschen vergraben, eine Wollmütze auf dem Kopf, aus der vorne ihre langen goldblonden Haare herausschauten. Sie strahlte mich so breit an, dass ich mich augenblicklich entspannte.

»Wir haben sie«, war das Erste, was sie sagte. »Vor einer Minute hab ich den Anruf bekommen.«

Ich war so erleichtert, dass mir Tränen in die Augen schossen. Ich fiel ihr um den Hals und sog ihren vertrauten Geruch ein. »Ein Glück! Wo ist sie?«

»Simon bringt sie gerade zu Opa Hannes.« Maria löste sich aus meiner Umarmung. »Sie hat offenbar einen früheren Zug genommen und sich dann in Simons altem Wohnwagen auf dem Campingplatz versteckt.«

Wir schüttelten beide den Kopf, und ich fragte mich, was ich an ihrer Stelle mit meiner Tochter gemacht hätte. Oder meine Eltern damals mit mir. Maria wirkte auf mich kein Stück wütend. Vermutlich, weil sie in Morlens Alter ganz genauso gewesen war. Ihre Mutter Iris hatte früher oft mit liebevollem Grinsen gesagt, Maria sei an jedem einzelnen ihrer grauen Haare schuld.

Meine Freundin hakte sich bei mir unter. »Komm, wir gehen nach Hause.«

Ich folgte ihr die Straße hinunter bis an die Uferpromenade, wo die Nordsee schäumend gegen die Steinbefestigung brandete. Unterwegs rief ich Thies an und informierte ihn, dass ich gut auf der Insel angekommen und Morlen wohlbehalten wieder aufgetaucht war. Er klang genauso erleichtert, wie ich mich fühlte.

Als ich aufgelegt hatte, fragte ich Maria: »Wieso bringt Simon sie zu Hannes?«

Maria umfasste meinen Arm fester. »Die zwei haben einfach einen besonderen Draht zueinander, und auf mich ist sie gerade nicht so gut zu sprechen. Ich auch nicht auf sie, wenn ich ehrlich sein soll. Aber das wird schon wieder.«

Kurz überlegte ich, nach der kleinen Katze zu fragen, aber es klang für mich, als ob Maria nichts von Billy wusste. Ich entschied, erst mit Morlen selbst zu sprechen. »Na, Hauptsache, sie ist wieder aufgetaucht.«

Maria musterte mich im Laufen von der Seite. »Du hast ja gar keine Tasche dabei.«

Ich seufzte. »Nein, es war nicht geplant, dass ich komme.«

Sie lachte. »Hast du dir solche Sorgen um Morli gemacht?«

»Ja. Das auch. Und … irgendwie … keine Ahnung, irgendwie musste ich herkommen.«

Maria blieb stehen. »Das letzte Mal, als du Reißaus genommen hast, hatte Thies dir einen Heiratsantrag gemacht.«

Ich atmete tief die kalte Meeresluft ein. »Diesmal will er ein Kind.«

»Oha.« Maria hielt kurz inne und zog mich dann weiter.

Neben uns breitete sich der Strand aus. Eigentlich

hätten wir hier abbiegen und über die Dünen bis zu Marias Haus laufen können. Aber sie steuerte weiter auf den Strand zu. Mir war bitterkalt, doch ich folgte ihr.

Minutenlang liefen wir an der Wasserkante entlang. Eine Schicht aus Schnee und Eis hatte sich an ihr gebildet. Die Wellen klatschten tosend dagegen und schoben weitere kleine Eisschollen darüber. Schnee und Eisschollen und Sand, alles verschmolz vor meinen Augen. Gleichzeitig schmolz auch die Unruhe in mir. Das Salzwasser rauschte unablässig auf den Sand, ganz egal, was auch passierte. Deswegen bin ich hergekommen, dachte ich.

Irgendwann sagte Maria: »Es ist stressig, keine Frage. Fritz weckt mich immer noch mehrmals in der Nacht. Hannah liebt ihren kleinen Bruder und ist gleichzeitig so schrecklich eifersüchtig, dass sie regelmäßig mit allem möglichen nach ihm wirft. Und Morlen?« Sie atmete tief durch. »Wenn du denkst, du bist aus dem Gröbsten raus, fängt es eigentlich erst an.«

Es war so anstrengend, durch den schneebedeckten Sand zu stapfen, dass mir warm wurde. Unsere Schritte erzeugten auf dem gefrorenen Untergrund ein kratzendes Geräusch.

Maria blieb stehen und sah aufs Meer hinaus. »Glaub mir, ich beneide dich und Thies manchmal. Um eure Freiheit. Eure Zeit. Eure Unabhängigkeit. Darum, dass ihr Entscheidungen nur für euch fällen könnt.«

Ich wartete darauf, dass sie weiterreden würde. Doch Maria schwieg. Neben uns an der Strandpromenade waren die Hotelfassaden mit Lichterketten geschmückt.

»Aber?«, fragte ich schließlich.

Maria wandte sich zu mir. »Aber was?«

Ich zog die Augenbrauen hoch. »Na, aber deine Kinder sind dein größtes Glück? Die beste Entscheidung, die du je getroffen hast? Die Menschen, die du am meisten auf der Welt liebst?«

Maria lächelte mich an. In ihren langen Haaren hatten sich Schneeflocken gesammelt. »Kein Aber«, sagte sie nur.

Jetzt bog sie doch ab und steuerte auf ihr Café am Rand der Dünen zu. Die Strandmuschel lag ganz im Dunkeln. Sie schloss die Tür auf. »Komm schnell rein, ich muss nur etwas holen.«

Ich tastete mich an der Theke entlang, bis Maria Licht anmachte und im Hinterraum verschwand. Ich blickte mich in dem Café um, das sofort Erinnerungen in mir weckte. Ich kannte diese erdfarbenen Kissen, die Dünengräser in Emaillebechern auf den Holztischen, die gerahmten Prints an den Wänden, die alle von mir stammten. Seit ich hier in jenem ersten Sommer sechs Wochen lang ausgeholfen hatte, war dieser Raum wie ein zweites Zuhause für mich. Ich hatte Milch aufgeschäumt und Sauerteigbrote belegt und aus dem Fenster aufs Meer geschaut. Danach war ich mit den Füßen durchs Salzwasser gewatet und hatte mir so lange den Wind um die Nase wehen lassen, bis ich mich wieder freier fühlte. Und klarer sah.

Traurigkeit legte sich über meine Wiedersehensfreude. Damals war Thies mir entgegengekommen, wir hatten wieder zueinandergefunden. Aber diesmal ging es um eine Sache von ganz anderen Ausmaßen als eine Urkunde und einen Ring.

Maria kam zurück und verstaute etwas in ihrer Handtasche. »Ich brauchte noch den Kerzenanzünder, unserer zu Hause ist leer.« Sie machte das Licht aus und schob mich hinaus auf die Strandpromenade. »Bin ich froh, dass ich entschieden habe, die Strandmuschel über die Feiertage nicht zu öffnen. Endlich mal Zeit.«

»Das glaube ich«, antwortete ich nachdenklich und folgte ihr durch die Gassen.

Die Holzmöwe an Marias Haustür trug eine kleine Weihnachtsmannmütze. Jedes Mal, wenn ich vor dieser Tür stand, dachte ich, Marias Mutter Iris würde sie gleich öffnen und mich in ihre Arme schließen. So wie sie es immer getan hatte, seit wir Kinder gewesen waren. In manchem war mir Marias warmherzige Mutter näher gewesen als meine eigene.

Wir klopften uns den Schnee von den Kleidern. Maria schloss auf, und Kinderlachen schallte uns entgegen. Wir zogen unsere Schuhe und Mäntel aus und gingen ins Wohnzimmer.

Vor einem großen, üppig geschmückten Weihnachtsbaum stand Simon in weiten Jeans und Surferhemd, auf den kurzen Locken einen Haarreif mit Rentiergeweih. Er tanzte wild zu *In der Weihnachtsbäckerei*, das leise im Hintergrund lief. Um ihn herum wirbelte Hannah, deren längere braune Locken ebenfalls ein Rentiergeweih zierte. Fritz, der mit fast eins noch immer kein einziges Haar auf dem Kopf hatte, hatte sich an einem Sessel in den Stand hochgezogen und wippte rhythmisch mit seinen speckigen Beinchen. Er trug nichts als eine Windel und einen langärmeligen Body darüber. In dem Moment, in dem er Maria entdeckte, ließ er den Sessel los und streckte die Arme nach ihr aus. Sie nahm ihn auf den Arm, und er strahlte, wobei ein einzelner Zahn sichtbar wurde. Hannah und Simon hörten auf zu tanzen und sahen uns überrascht an. Dann eilte auch Hannah auf Maria zu und umschlang ihr Bein.

»Mama!«, rief sie freudig.

Maria beugte sich mit Fritz auf der Hüfte zu ihrer Tochter hinunter, und Hannah küsste ihr wild das Gesicht ab.

Als Maria den Kopf zu mir drehte, sagte ich leise: »Aber.«

Das Abendbrot wurde ziemlich anstrengend. Hannah warf mit Käse nach Fritz, und dieser schlug immer wieder den Löffel weg, mit dem Simon ihn fütterte, sodass bald überall Breispritzer klebten. Danach wurden die Kleinen ins Bett gebracht, und ich zog mich in Morlens Zimmer zurück, wo ich heute schlafen sollte.

Als Maria und Simon beschlossen hatten, Iris' Haus zu renovieren und einzuziehen, hatten Simon und Hannes viele der Möbel selbst gebaut. Und dieser Raum war eindeutig ihr Meisterstück. Der alte Schminktisch von Iris, den sie aufbereitet hatten, war anfangs noch mit kleinen Plastikfiguren dekoriert gewesen, die Morlen gesammelt hatte. Heute standen darauf eine Bluetooth-Handybox und jede Menge Fläschchen mit dunklem Nagellack.

Ich ließ mich auf das breite Bett sinken. Morgen würde Morlen wieder hier schlafen und sich hoffentlich mit Maria versöhnen. Ich reckte mich und holte mein Handy aus der Hosentasche. Endlich hatte ich einen Moment, um Thies in Ruhe anzurufen.

»Na, du Ausreißerin«, begrüßte er mich.

»Hey du.«

»Wie geht es Morlen?«

»Alles gut, sie übernachtet heute bei Hannes und kommt morgen nach Hause.«

»Gut. Und wie geht es dir?«

Ich streckte mich auf der gemütlichen Matratze aus. »Maria hatte noch eine Ersatzzahnbürste und hat mir einen Schlafanzug von Morlen geliehen.«

Thies seufzte leise. »Hätte ich ja nicht gedacht, dass nicht nur Mama mich dieses Jahr allein lässt, sondern auch noch du.«

»Ich lass dich morgen ganz sicher nicht allein.«

»Nein?«

»Was denkst du von mir? Ich hab mich nur gefragt …«

»Ja?«

Ich wälzte mich auf die Seite und stützte mich auf den Ellenbogen. »Maria hat angeboten, dass wir alle hier feiern könnten. Was hältst du davon, auch herzukommen?«

»Hm.«

»Dann könntest du mir auch ein paar Klamotten mitbringen. Und die Tüte mit den Geschenken, die im Keller steht. Und deine Plätzchen, vor allem das lecker Tonkabohnen-Buchweizen-Shortbread.«

Thies schnaubte mit gespielter Empörung, sagte aber erst mal nichts. Nach einem Moment meinte er zögerlich: »Wie soll ich das denn alles im Zug nach Norderney transportieren? An Heiligabend?«

Ich ließ mich wieder auf den Rücken fallen. »Du hast recht. Ich komme nach Hause.«

»Ehrlich? Du kannst auch bleiben.«

»Quatsch, es war eine Schnapsidee. Ich fahre morgen Vormittag los. Ich will vorher nur noch kurz nach Morlen und Billy sehen. Maria weiß noch nichts davon, dass sie den Kleinen mitgenommen hat. Ich denke, auch deswegen ist sie erst mal zu Hannes.«

»Ah.«

Schließlich verabschiedeten wir uns. Ich legte auf und sah, dass Jonas versucht hatte, mich anzurufen. Mist, in dem ganzen Trubel hatte ich ganz vergessen, ihm Bescheid zu sagen. Schnell tippte ich: *Entwarnung, alles gut: Morlen ist bei ihrem Opa auf Norderney. Frohe Weihnachten!*

Nachdem ich mich für die Nacht gerichtet hatte, lag ich noch eine ganze Weile wach und grübelte über diesen Tag nach. Ich rechnete es Maria hoch an, dass sie mich am verschneiten Strand nicht gefragt hatte, warum ich noch immer keine Kinder wollte. Oder versucht hatte, mich vom Gegenteil zu überzeugen.

Ich sah noch einmal auf mein Handy und checkte

meine Mails. Meine Lektorin hatte mir geantwortet.

Überrascht setzte ich mich auf. Ich hatte vor lauter Sorge um Morlen und Thies ganz vergessen, dass ich gestern die Entwürfe für den Adventskalender abgeschickt hatte. Normalerweise war ich immer furchtbar hibbelig, bis ich Feedback zu meinen Entwürfen bekam. Diese Mail war bereits von heute Vormittag, und ich hatte sie noch nicht mal bemerkt. Ich öffnete sie und las:

Liebe Anni, die Entwürfe sind ein Traum, ich liebe sie. Über alles Weitere reden wir nach den Feiertagen. Frohe Weihnachten, meine Liebe!

Immerhin, dachte ich erleichtert. Immerhin darum muss ich mir keine Sorgen machen.

HEILIGABEND

MANCHE

Schnee-Engel

KÖNNEN

fliegen

Maria stand in ihrem Spitzennachthemd in der Küche und stellte eine Cornflakes-Packung auf den Tisch.

»Morgen, schöne Frau.« Ich reckte mich und gähnte leise.

»Morgen, Schneckchen.« Meine Freundin strahlte mich an und reichte mir zwei Keramikschalen. »Ich frühstücke mit dir, Simon und Hannah sind schon ewig wach und gerade los zum Einkaufen.«

Fritz saß in der Schaukel, die im Durchgang zwischen Küche und Wohnzimmer hing, und war offenbar eingeschlafen. Die Wand neben ihm zierte ein aus Treibholz zusammengebundener Weihnachtsbaum.

Ich stellte die Schalen auf den Tisch und setzte mich. Maria schob eine Kaffeetasse vor mich und schenkte mir ein.

»Bist du gestresst?«, fragte ich sie.

Sie zuckte mit den Schultern. »Ein wenig. Eigentlich sollten heute noch die Geschenke für Hannah und Fritz ankommen, wir haben sie mal wieder viel zu spät bestellt. Und bei dem Wetter verlässt mich langsam, aber sicher die Hoffnung, dass es noch klappt.« Sie blickte zu Fritz, der leise schnarchte. »Welche Fähre nimmst du? Vielleicht komme ich noch schnell mit nach Norddeich und besorge etwas. Die Geschäfte machen dort erst um eins zu, glaube ich. Bei uns hat vieles schon zu.«

»Ich wollte die um elf nehmen«, antwortete ich.

Sie holte zwei Löffel aus einer Schublade und reichte mir einen. »Das müsste ich eigentlich schaffen. Um zwei geht eine zurück. Nicht viel Zeit, aber es müssen doch Geschenke unter dem Baum liegen.«

»Vorher würde ich gern noch kurz mit Morlen sprechen. Meinst du, sie kommt bis dahin?«

Maria schüttelte den Kopf. »Hannes und sie wollten erst gegen Mittag zu uns stoßen. Aber Simon hat so ein Strandrad mit dicken Reifen, das kannst du ausleihen, falls du noch hinfahren willst.«

»O gut, das mache ich.«

»Worum geht es denn? Hat sie irgendwie Ärger gemacht?«

»Im Gegenteil.« Ich ließ Cornflakes in beide Schalen rieseln und kippte Milch darüber. »Ich wollte ihr einfach noch etwas sagen.« Eine Portion reichte ich Maria, die sich auf einen Stuhl sinken ließ und zu löffeln begann.

Plötzlich hielt sie inne und sah mich nachdenklich an. »Ich muss auch noch eine Sache loswerden.«

»Nur zu.« Ich kaute geräuschvoll.

Maria rührte mit ernster Miene in ihrer Schale. »Als du Thies nicht heiraten wolltest, da habt ihr einen Kompromiss gefunden. Ihr lebt wie ein Ehepaar, aber ohne Heiratsurkunde.«

»Stimmt.« Ich lehnte mich zurück und sah sie an.

»Aber in dieser Kinderfrage.« Maria presste die Lippen aufeinander. »Ich weiß, dass es dir klar ist, aber ich muss es jetzt einfach noch mal aussprechen: Da gibt es keine Kompromisse. Es geht nur alles oder nichts.« Sie seufzte tief. »Daher kannst du diese Entscheidung in meinen Augen nur für dich treffen, nicht für euch beide.«

Mit diesem Gedanken im Kopf radelte ich etwa eine halbe Stunde später zu Hannes. Er wohnte im schwach besiedelten Ostteil von Norderney und war die erste große Liebe von Morlens Oma Iris gewesen – und ihre letzte. Ihr leiblicher Opa war er nicht, aber das machte für Morlen keinen Unterschied. Nach Iris' Tod war er nach und nach ein richtiges Familienmitglied geworden. Auf seinem alten Hof in den Dünen kümmerte er sich um ein paar Tiere, die er vor dem Schlachter gerettet hatte. Als ich mit Maria an einem warmen, sonnigen Tag das erste Mal bei ihm gewesen war, hatte Hannes mir die Sternwarte gezeigt, die er selbst gebaut hatte und die oft von Schulklassen besucht wurde.

Heute ließ sich auch endlich mal wieder die Sonne blicken. Sie strahlte auf die verschneiten Dünenkuppen, sodass ich geblendet die Augen zusammenkneifen musste. Ich fuhr langsam über die schmalen Pfade, wobei die dicken Reifen von Simons Beach Cruiser durch den Schnee pflügten. An einer besonders hohen Düne hielt ich an. Von hier aus konnte ich das Meer sehen. Es glitzerte im Sonnenlicht.

Du kannst diese Entscheidung nur für dich treffen.

War das, was Thies durchlebte, wirklich nur eine Phase? Oder war ich am Ende die Frau, wegen der sich sein Lebenswunsch nicht erfüllte? Das darf nicht sein, dachte ich. Ich wollte doch unbedingt, dass er glücklich war. Wenn es einer verdiente, dann mein Thies.

Ich warf einen letzten Blick auf das glitzernde Meer und fuhr weiter.

Außer Atem und schweren Herzens kam ich auf dem Hof an. Auf der Weide neben dem alten Rotklinkerbau standen ein Pony und ein paar Ziegen, die neugierig die Köpfe hoben. Ich stellte mein Rad am Zaun ab. An Hannes' Tür hing ein Kranz aus Beerenzweigen und Tannenzapfen. Ich musste schmunzeln, denn das war eindeutig Marias Werk.

Drinnen brannte Licht. Als ich klopfte, erwartete ich, gleich das aufgeregte Bellen von Hannes' kleinem Hund zu hören. Doch ich hörte nur Schritte, die näher kamen. Dann wurde die Tür geöffnet.

Ein großer, hagerer Mann mit kahlem Kopf stand vor mir. Ich konnte ihm ansehen, dass er keine Ahnung hatte, wer ich war.

»Hallo Hannes«, sagte ich. »Bitte entschuldige die Störung. Erinnerst du dich an mich? Ich bin Marias Freundin Anni. Ich suche Morlen.«

Jetzt lächelte er, und seine hellen Augen blitzten. »Natürlich, Anni, hallo! Du bist so eingepackt, da erkennt man dich kaum. Komm doch rein. Morlen ist noch mit Fiete spazieren.«

»Ah, wie schön.«

Hannes lachte. »Fiete liebt es, sich im Schnee zu wälzen.«

Ich klopfte meine Schuhe ab und trat ein. Ich bemerkte, wie Hannes sich derweil im Flur umsah und dann etwas hektisch eine Tür schloss.

In seiner Küche bollerte der alte Kachelofen. Ich stellte mich davor und wärmte meine Hände. Hannes reichte mir eine Tasse Tee. Dann ließ er sich schwerfällig auf einen Stuhl sinken.

»Wie geht es dir?«, fragte ich.

»Ach.« Hannes verzog das Gesicht. »Die alten Knochen.«

In diesem Moment wurde im Flur die Haustür geöffnet. Hundepfoten tappten über die Fliesen. Fiete kam hereingestürmt und begrüßte Hannes so begeistert, als hätten sie sich seit Wochen nicht gesehen. Mich begrüßte er auch, allerdings deutlich zurückhaltender.

Morlen kam hinterher und sah mich erstaunt an. »Was machst du denn hier?«

Ich lächelte sie freundlich an. »Ich hab dich auch vermisst.«

Hannes sah interessiert zwischen uns hin und her.

Morlen zuckte mit den Schultern. »Bin etwas überstürzt aufgebrochen. Sorry!«

Ich streichelte Fiete, in dessen Fell Schneeklumpen hingen. »Schon okay. Wir haben uns nur wirklich Sorgen um dich gemacht.«

Morlen zog an ihrem Jackenärmel. »Oh.«

»Hauptsache, du bist wieder da.«

Hannes sah Morlen mit einem vielsagenden Blick

an. »So, ich muss mal den Hund enteisen.« Er stützte sich am Tisch ab und stand auf. »Sehen wir uns heute Abend?«

Ich schüttelte den Kopf. »Ich fahre gleich zurück nach Bremen, um dort mit meinem Freund Weihnachten zu feiern.« Vorsichtig trank ich einen Schluck heißen Tee. »Aber ich wollte noch kurz mit Morlen sprechen.«

Hannes nickte. »Dann wünsche ich dir schon mal frohe Weihnachten. War schön, dich mal wieder zu sehen.«

Er war schon auf dem Weg in den Flur, als Morlen aufsprang. »Warte, Opa!« Sie holte ein Schälchen von der Fensterbank. »Du hast deine Tabletten heute noch nicht genommen.«

Er seufzte gedehnt und griff nach der Schale. »Jaja.« Mit einer ruckartigen Handbewegung warf er sich mehrere Tabletten in den Mund und spülte sie mit einem Schluck Tee herunter. Dann nickte er mir kurz zu und schlurfte aus der Küche, der mittlerweile tropfende Fiete dicht an seinen Fersen.

Ich warf Morlen einen fragenden Blick zu. »Geht es ihm gut?«

Sie wippte auf einer Stuhlkante. »Nicht wirklich.«

»Was hat er?«

Sie sah auf ihre Finger. »Er ist alt?«

Ich beschloss, das Thema ruhen zu lassen und Maria bei Gelegenheit danach zu fragen. Aber ein anderes Thema musste ich jetzt mit Morlen besprechen, ob es ihr passte oder nicht. Ich setzte mich zu ihr an den Tisch.

»Morlen, wo ist Billy?«

Sie schob trotzig das Kinn vor. »Woher soll ich das wissen?«

»Ich weiß, dass er dir ans Herz gewachsen ist. Aber er gehört jemandem, der ihn vermisst. Wir müssen ihn zurückbringen.«

Sie drehte sich von mir weg.

Ich blickte in Richtung Flur, wo Hannes und Fiete verschwunden waren. Offenbar hatte ihr Opa beschlossen, sie zu decken. Sollte ich auf die Suche gehen wie eine Ermittlerin in einem Kriminalfall?

In diesem Moment hörte ich draußen ein Auto auf den Hof fahren und geräuschvoll abbremsen.

Morlen stand auf und sah aus dem Küchenfenster. Schlagartig verfinsterte sich ihre Miene. »Die auch noch. Na super.«

Schon ging die Haustür auf, und Maria stürmte in die Küche.

»Hey!« Sie sah ihre Tochter an, doch die drehte nur wortlos den Kopf weg.

Die beiden hatten sich seit Wochen nicht gesehen. Ich konnte mir vorstellen, dass sich Maria bei all ihrer Lockerheit eine andere Begrüßung gewünscht hätte.

Nach einem kurzen Moment zuckte meine Freundin jedoch mit den Schultern und wandte sich mir zu. »Anni, ich hab gerade gehört, dass ein Teil des Hafenbeckens zugefroren ist. Neuer Schnee ist auch angesagt, und der Fährverkehr soll eingestellt werden. Keine Ahnung, wie lange noch Schiffe fahren. Ich würde an deiner Stelle die nächste Fähre nehmen, sie geht in zehn Minuten. Kommst du?« Schon im Gehen, rief sie Morlen zu: »Bitte macht euch rechtzeitig auf den Weg zu uns, es soll wieder ordentlich schneien. Bis später!«

Ehe ich michs versah, saß ich mit Maria in einem Taxi und fuhr von Hannes' Hof. Im Rückspiegel konnte ich ihn und Morlen in der Haustür stehen sehen. Ich hatte mich nicht mal verabschiedet.

»Noch sieben Minuten.« Maria nickte mir zuversichtlich zu.

Das Taxi fuhr in hohem Tempo über die Straße durch die Dünen, und auch die Gedanken in meinem Kopf begannen zu rasen. Wenn ich die Fähre verpasste, konnte ich womöglich nicht mit Thies Weihnachten feiern. Panik kroch in mir hoch. Bald tauchten Häuser auf, das Übungsbecken der Surfschule, das Hafengelände, das Fährterminal. Da war sie, die Fähre.

Ich hatte mich schon abgeschnallt, beugte mich rasch zu Maria und drückte sie, dann sprang ich hinaus und rannte. Doch noch bevor ich das Drehkreuz am Eingang erreichte, bewegte sich die Fähre. Weg von der Kaimauer. Sie hatte abgelegt. Ohne mich.

Ich wandte mich um. Hinter mir stand Maria, und ihr Gesicht sprach Bände.

»Du bist sicher, dass heute keine Fähre mehr fährt?« Thies klang am Telefon seltsam ruhig.

»Das haben sie am Hafen gesagt. Aber ich rufe da jetzt jede Stunde an, vielleicht finden sie doch noch einen Weg durch die Eisschollen.« Ich war den Tränen nahe. Vor allem aus Wut auf mich selbst.

Was hatte ich mir nur dabei gedacht, gestern in diesen Zug zu steigen? Jetzt saß ich hier fest und musste ohne meinen Lieblingsmenschen Weihnachten feiern. Ausgerechnet jetzt, wo es zwischen uns gerade so schwierig war. Am allerschlimmsten aber waren meine Schuldgefühle. Denn ich war hier bei lieben Freunden, während Thies nun tatsächlich von allen verlassen ganz allein in Bremen sein würde.

»Mach dir keine Sorgen.« Er klang beinahe vergnügt. »Vielleicht fährt doch noch eine. Und wenn nicht, gucke ich *Stirb langsam* und leere unsere Alkoholvorräte.«

»Wir haben keine Alkoholvorräte.«

Thies lachte. »Dann eben alles, was ich sonst finden kann. Mir fällt schon was ein.«

Den Rest des Vormittags half ich Maria bei den Vorbereitungen. Simon holte die Gans von einem Freund ab, der offenbar eine Sammelbestellung gemacht hatte. Maria war für die Beilagen zuständig. Aber letztendlich war ich es, die Kartoffeln rieb, Klöße formte und Rotkohl in feine Streifen schnitt, damit sich meine Freundin um ihre Kinder kümmern konnte. Hannah war vor lauter Weihnachtsvorfreude völlig aus dem Häuschen, was sich offenbar auch auf ihren kleinen Bruder übertrug, der sofort zu quengeln anfing, wenn Maria ihn nicht auf dem Arm trug.

Um die Mittagszeit kamen Morlen und Hannes. Ich hatte meine wenigen Sachen bereits in Hannahs Zimmer geräumt, wo ich heute auf einer Matratze schlafen sollte, während sie so lange zu ihrem kleinen Bruder zog. Morlen verschwand direkt in ihrem Zimmer und schloss die Tür hinter sich ab. Wie lange wollte sie dieses Schauspiel noch durchziehen, fragte ich mich. Und wusste auch Simon Bescheid? Schließlich hatte er sie im Wohnwagen gefunden und zu Hannes gebracht.

Mittlerweile hatte es wieder angefangen zu schneien. Hannah und Fritz machten mit Simon im Garten Schnee-Engel, deren Umrisse so schnell wieder zuschneiten, dass man dabei zusehen konnte. Hannes versuchte, uns in der Küche zu helfen. Er hatte sich eine gute Stoffhose, ein Hemd und eine Strickjacke angezogen und wirkte darin schmerzhaft schmal.

Simon klopfte an die Terrassentür, einen brüllenden Fritz auf dem Arm. »Hannah hat ihm einen Schneeball mitten ins Gesicht geworfen. Ich glaube, dem reicht es für heute«, sagte er und reichte den kleinen Mann in die Küche, um weiter mit Hannah toben zu können.

Hannes hievte seinen Enkel, der nur noch stoßweise leise Schluchzer von sich gab, etwas umständlich auf seine Hüfte. »Ich ziehe ihn um. Und dann bauen wir einen Bauklotzturm. Was meinst du, kleiner Tiger?«

Fritz lächelte ihn mit tränen- und schneenassem Gesicht und seinem einen Schneidezahn ergeben an.

Als die zwei unterwegs nach oben waren, sagte ich an Maria gewandt: »So einen Opa habe ich mir immer gewünscht.«

Sie stippte gerade mit einem Löffel in die Kloßmasse, probierte und salzte dann ordentlich nach. »Ich mir auch. Früher war er ein richtiger Einsiedler, aber die Kinder haben ihn aus seinem Mauseloch gelockt.«

Ich kippte den restlichen Rotkohl von meinem Brettchen in den bereitgestellten Topf. »Wie geht es ihm? Also gesundheitlich?«

Marias Gesichtsausdruck wurde ernst. »Ach.« Sie seufzte tief. »Er hat es am Herzen. Hoher Blutdruck, verstopfte Arterien. Die Ärzte haben erst versucht, es medikamentös zu lösen, aber er soll Anfang des Jahres nun doch einen Bypass bekommen, weil das Herzinfarktrisiko zu hoch ist.«

»O Mann, das tut mir leid.«

Maria nahm sich einen Lappen und wischte um die Spüle herum. »Alt zu werden ist Mist.«

Ich rief den ganzen Tag über wieder und wieder beim Fährterminal an. Anfangs ging noch ein netter Herr dran, der mir jedes Mal mit stoischer Ruhe erklärte, dass sich an der Wetterlage noch immer nichts geändert hätte.

Nach dem vierten Anruf lief nur noch ein Band, auf dem derselbe Herr sagte: »Liebe Fahrgäste, bis auf Weiteres wird der Fährverkehr zwischen Norderney und Norddeich Mole witterungsbedingt eingestellt. Fährkapitäne, Matrosen und Fahrkartenkontrolleure feiern nun Weihnachten. Wir wünschen Ihnen ebenfalls ein frohes Fest.«

Hoffentlich haben sie es alle zu ihren Familien geschafft, dachte ich. Anders als ich.

Erneut rief ich Thies an.

Noch ehe ich den Mund aufmachen konnte, sagte er: »Anni, bitte hör auf, dir so einen Stress zu machen! Du kannst doch nichts für dieses Wetter.«

»Aber ich fühle mich mies, ich wäre so gern bei dir.«

Ich hörte an den Straßengeräuschen im Hintergrund, dass er irgendwo draußen unterwegs war, vermutlich um noch etwas zu besorgen, das er später allein vor dem Fernseher essen würde. »Es ist wirklich okay, ich mache es mir jetzt gemütlich, und wir telefonieren nachher noch mal, okay?«

Mit dem Gefühl, dass er das Ganze offenbar wirklich nicht so dramatisch fand wie ich, legte ich auf.

Am späten Nachmittag machten wir uns auf den Weg zur Waldkirche, wo heute ein Gottesdienst im Freien abgehalten wurde. Wir stapften dick eingepackt durch den dichten Schnee die Straße hinunter. Fritz und Hannah saßen in ihren Schneeanzügen auf einem Schlitten, den Simon hinter sich herzog. Morlen hatte sich bei Hannes untergehakt.

»Ist dir zu kalt, Opa?«, fragte sie ihn liebevoll.

»Nein, mein Engelchen«, antwortete er.

»Wenn es dir zu anstrengend wird, sagst du es mir, okay?«

Er klopfte mit seinem Lederhandschuh sanft auf ihren Arm und lächelte sie mit seiner gefütterten Fliegermütze auf dem Kopf an. »Du brauchst dich nicht so zu sorgen. Du weißt doch: Ich plane, hundert zu werden.«

Sie lächelte ihn etwas traurig an. »Das hoffe ich, Opa, sonst gibt es Ärger.«

Und da wurde mir etwas klar. Deswegen wollte Morlen zurück nach Norderney. Sie hatte bereits ihre Oma verloren – den bis dahin vermutlich wichtigsten Menschen in ihrem Leben, denn sie war quasi bei Iris aufgewachsen. Sie wollte so viel Zeit wie möglich mit ihrem Opa verbringen, bevor auch er gehen musste. Bei dieser Erkenntnis schossen mir Tränen in die Augen.

Ich blinzelte sie mit den Schneeflocken weg, die sich auf meine Wimpern setzten.

Im Wald trafen wir eine Nachbarin von Maria. »Es schneit ganz schön stark«, sagte sie mit Bedauern in der Stimme. »Es soll nur ein kurzes Singen und einen Weihnachtssegen geben.«

Simon stellte den Schlitten ab und nahm Fritz hoch. Hannah kletterte selbst hinunter.

»Kommt«, Maria winkte uns ein bisschen weiter auf den Hügel, an dessen Böschung bereits viele andere Familien warteten. Sie begrüßte einige von ihnen. Ich erkannte Georg unter den Besuchern, der nicht nur der Vermieter von Marias Café war, sondern auch der Vater von Jonas. Morlens Jonas. Georg trat zu Maria und umarmte sie, sie lachten über etwas.

Ob Jonas wohl auch hier ist, fragte ich mich, oder bei seiner Mutter auf dem Festland?

Der Pastor sprach ein paar Begrüßungsworte, dann schmetterte die ganze Gemeinde *Stille Nacht*. Es ging mir durch Mark und Bein. Ich sollte bei Thies sein.

Wir sollten gemeinsam feiern. Wieso hatte er gar nicht traurig geklungen?

In meinen Kummer mischte sich ein Gedanke. Einer, den ich lange nicht gehabt hatte. Von dem ich ehrlich gesagt gehofft hatte, ich würde ihn nie wieder denken. Ich fragte mich: Was würde aus uns werden? War er nun doch gekommen, der Moment, in dem unsere Wege sich trennten?

Aber das konnte nicht sein, das durfte nicht sein! Thies war der Mann, mit dem ich alt werden wollte. Er war der, neben dem ich aufwachen, dessen Hand ich halten wollte, im Sommer, im Winter, im Regen und im Schnee, bei Wolken und bei Sonnenschein. Aber war ich auch noch die Frau, die ihn glücklich machte? Schließlich war ich diejenige, die keine Kinder wollte.

Neben mir blickte Simon, der Fritz auf dem Arm hatte, zu Maria und Hannah, die inbrünstig die hohen Töne mitschmetterten. Maria grinste ihn an, und er musste lachen. Und dann knutschten die beiden mitten im Open-Air-Gottesdienst, bis Morlen zischte: »Iiih, habt ihr kein Zuhause?«

Hannes legte einen Arm um seine Enkelin und zog sie an sich. »Lass die Turteltäubchen, Engelchen.«

Ich sah wieder nach vorn – und da entdeckte ich ihn. Das war eindeutig der junge Mann von dem Foto. Jonas.

Er stand neben Georg, trug natürlich keine Mütze und scharrte mit den Sneakers im Schnee. Wetterfeste Kleidung war in dem Alter offensichtlich allgemein out. Er sah in unsere Richtung, und als sein Blick auf Morlen fiel, zog sich ein Strahlen über sein Gesicht. Angestrengt versuchte er, seine Gefühlsregung zu überspielen.

Ich fasste Morlen, die schräg vor mir stand, am Arm und flüsterte ihr ins Ohr: »Hast du gesehen? Da ist Jonas.«

Sie zuckte nur mit den Schultern und sah demonstrativ zum Inselpfarrer, der gerade den Weihnachtssegen sprach. Dann sangen wir alle gemeinsam *O du Fröhliche*.

Der Gesang schallte durch den verschneiten Wald, und ich blinzelte schon wieder gegen meine Tränen an. Ich spürte Marias Hand, die nach einem meiner Handschuhe griff.

»Mach dir keine Sorgen, Schneckchen, Thies ist ja schon groß.«

»Ich weiß.« Ich lächelte sie dankbar an und schluckte. Ich musste daran denken, dass ich genau dasselbe erst vor ein paar Tagen zu Dieter gesagt hatte. »Ich hoffe einfach … Ich wünschte, wir würden das Gleiche wollen.«

Sie drückte meine Hand ein wenig fester.

Die letzten Töne des Liedes verklangen über den Baumwipfeln, und ich sah, dass auch Maria mit den Tränen kämpfte.

Langsam setzten sich alle in Bewegung. Simon hob die Kleinen wieder auf den Schlitten und zog sie hinter sich her. Maria hakte sich bei mir unter, Morlen bei Hannes. Ich merkte, wie Jonas versuchte, Blickkontakt zu Morlen aufzunehmen, aber sie ignorierte ihn standhaft. So lässig war in dem Alter nicht mal ihre Mutter gewesen.

Bewusst ließ ich mich mit Maria auf dem Heimweg ein Stück zurückfallen. Als die anderen weit genug weg waren, um uns nicht zu hören, sagte ich: »Ich muss dir noch etwas sagen.«

»Wegen Thies?« Sie klang ernst.

»Nein, wegen Marlen.« Ich nickte in Richtung ihrer großen Tochter, die etwa zehn Meter vor uns neben Hannes lief.

Maria folgte meinem Blick. »Ist etwas passiert?«

»Nicht direkt. Aber ich glaube, es gibt etwas, das du wissen solltest«, flüsterte ich. »Ich bin ziemlich sicher, dass sie wieder hierherziehen will, weil sie noch so viel Zeit wie möglich mit Hannes verbringen will.«

Ich konnte spüren, wie Maria sich versteifte.

»Ich glaube, wenn sie mit ihm zusammen ist, vermisst sie Iris ein bisschen weniger.«

»So habe ich das noch gar nicht gesehen.«

Ich drückte ihren Arm. »Sie hat ihre Oma verloren, jetzt hat sie Angst, dass das Gleiche mit ihrem Opa passiert.«

Zu Hause ging Hannes mit den Kindern spielen, Maria zog sich noch schnell um, und ich folgte Simon in die Küche. Er stellte irgendein Weihnachtsalbum eines amerikanischen Singer-Songwriters an, band sich eine alte Schürze von Iris um, holte alles Mögliche aus dem Kühlschrank und breitete die Zutaten auf der Arbeitsplatte aus. Dabei erzählte er etwas von Röstaromen und Niedergarmethode, und schon nach wenigen Sätzen wurde mir mit leisem Schrecken bewusst, dass er keinen blassen Schimmer hatte. Er hatte vermutlich ein paar Kochshows im Fernsehen gesehen und gedacht: Was der Mälzer kann, das kann ich schon lange.

Sehnsüchtig dachte ich an meinen Meisterkoch zu Hause. Ob er gerade den veganen Braten für sich allein vorbereitete?

Beim Hacken der ersten Zwiebel schnitt Simon sich prompt in den Finger und fluchte laut.

In diesem Moment kam Maria herein, in einem silbernen Paillettenrock, der sich perfekt um ihre Kurven schmiegte. Sie holte Simon ein Pflaster und sagte beim Verarzten zu mir: »Ich hab dir was von Morli rausgelegt. Letztes Jahr konnte ich sie noch überreden, das anzuziehen. Sie ist einverstanden, dass du es trägst.« Ich sah sie empört an, woraufhin sie hinzufügte: »Hör mal, es gibt echt Schlimmeres, als mit Ende dreißig die Konfektionsgröße einer Dreizehnjährigen zu haben.«

Womit sie recht hatte. Ich ging nach oben in Hannahs Zimmer und betrachtete das Kleid auf der Bettdecke. Es war aus schwarzem Samt und hatte einen kleinen weißen Kragen. Normalerweise zog ich so etwas nicht an, aber heute war Heiligabend, und so schlüpfte ich hinein. Ich kämmte mir gerade die Haare, als es unten klingelte. Mein Herz schlug schneller, weil ich für eine Sekunde dachte, es wäre Thies. Dann erinnerte ich mich daran, dass der Fährverkehr komplett eingestellt war.

Ich rief noch kurz bei meiner Familie an und

wünschte allen frohe Weihnachten. Meine Mutter klang wie jedes Jahr aufgeregt und ein wenig gestresst, und ich versicherte ihr, dass wir wie verabredet am zweiten Weihnachtsfeiertag zum Mittagessen kommen würden. Bis dahin müsste ich es doch von dieser Insel geschafft haben.

Mit schwerem Herzen ging ich wieder nach unten. Im dunklen Flur konnte ich durch das kleine Fenster sehen, dass Morlen mit jemandem vor der Tür stand. Wenn mich nicht alles täuschte, umarmte sie die Person.

In der Küche massierte Simon die Gans mit bloßen Händen mit Meersalz, Maria rührte etwas ruppig im Rotkohltopf. Ich bemerkte sofort die Spannung, die in der Luft lag. Das blieb wohl nicht aus, wenn an Weihnachten die Bedürfnisse aller Mitglieder einer Großfamilie aufeinandertrafen.

»Wer war da an der Tür?«, fragte ich Maria, die ihre Stirn in Falten gelegt hatte.

»Jonas. Wollte Morli frohe Weihnachten wünschen.«

Ich begann schmunzelnd, die Spülmaschine auszuräumen.

Sie sah mich an. »Oh, du siehst aber schick aus. Irgendwie so … brav und erwachsen.«

Ich zwinkerte ihr zu. »Das nehme ich jetzt mal als Kompliment.«

Morlen kam etwa zehn Minuten später total verfroren wieder rein.

»Er kann mit uns feiern«, rief Maria ihr zu.

Morlen schüttelte nur den Kopf. »Ne, er muss jetzt

zu seiner Familie. Er kommt vielleicht später noch vorbei.«

Dann blieb ihr Blick an mir hängen. Ihr Gesicht verzog sich zu einem breiten Grinsen, das mich sofort ansteckte. Vergnügt räumte ich die Tassen in den Schrank.

Maria schaute fragend zwischen uns hin und her, war aber klug genug, den Mund zu halten. Ihr Blick wanderte zu Simon, der noch immer die Gans massierte, diesmal mit allerlei Kräutern.

»Die sieht so blass aus.« Maria trat hinter Simon und fasste nach dem Fleisch. »Simon?« Sie klang mit einem Mal richtig ernst. »Simon, Sven hat dir keine gefrorene Gans mitgegeben, oder?«

»Wieso? Doch.« Ihr Freund massierte ungerührt weiter. »Die kommt doch jetzt in den Ofen.«

Kurz dachte ich, Maria würde explodieren, aber sie atmete nur tief ein und wieder aus. »Dann gibt es heute Beilagen.«

Simon klang genervt. »Kannst du bitte aufhören, so negativ zu sein?«

Maria schnalzte mit der Zunge. »Ich bin nur realistisch. Dieser gefrorene Fleischklops braucht mindestens acht Stunden im Ofen, wenn du mich fragst.«

»Ich hab dich aber nicht …«

Ich war bereits auf dem Weg in den Flur, da wollte ich mich wirklich nicht einmischen.

Oben vor Morlens geschlossener Zimmertür stand Fiete. Er wedelte und winselte leise. Immer wieder schnüffelte er am Türrahmen.

Ich ging zu den anderen in Fritz' Kinderzimmer. Hannes war in einer Ecke mit Polstern eingenickt. In seiner Armbeuge lag Fritz, auf einem Bein Hannah. Morlen saß im Schneidersitz auf dem Spielteppich und beobachtete die drei mit liebevollem Gesichtsausdruck.

Ich setzte mich zu ihr. »So süß, die drei! Zumindest, wenn sie schlafen. Also, ich meine, die Kleinen.«

Ich konnte hören, dass Morlen schlucken musste. »So einen wie ihn will ich später heiraten.«

»Ja, Hannes ist toll. Kein Wunder, dass deine Oma so verliebt in ihn war.«

»Hm.« Sie hatte sich Leggings ohne Löcher und ein langes Sweatshirt angezogen, das mit etwas Fantasie als Kleid durchging. Die Augen waren wieder mit dunklem Kajal umrandet, die Haare zu einem ordentlichen Zopf zurückgenommen.

»Du siehst hübsch aus«, sagte ich.

Sie musterte mich von oben bis unten in ihrem alten Kleid und grinste. »Du auch.«

»Wie lief es mit Jonas?«

Ich hörte an ihrer Stimme, dass ihr Grinsen breiter wurde. »Er sagt, er hat mich vermisst. Und dass er nicht mit ihr zusammen ist.«

»Oh, gut.«

Morlen legte behutsam ein paar Legosteine zurück in eine Kiste.

»Hör mal, Morlen …«, setzte ich an. »Ich wollte noch mal …«

Doch in diesem Moment kam Maria ins Zimmer. Sie

trat dabei versehentlich gegen einen Bauklotzturm, der geräuschvoll umkippte.

Hannah setzte sich mit weit aufgerissenen Augen auf. Hannes blinzelte, und Fritz fing sofort an zu brüllen. Maria schlug sich erschrocken eine Hand vor den Mund.

»Du hast sie geweckt!«, zischte Morlen ihre Mutter an.

»Entschuldigt, ich hatte keine Ahnung, dass ihr schlaft.« Maria kniete sich in ihrem engen Paillettenrock auf den Boden und schnappte sich Fritz, der aussah, als ob er nicht wisse, in welche Zeitzone er geraten war.

Hannah legte sich wieder auf Hannes' Bein und zwirbelte summend ihre Locken um den Finger. Hannes gähnte herzhaft.

»Ihr Lieben, eigentlich wollte ich euch fragen, ob wir noch ein bisschen zusammen singen wollen?« Maria machte ein geheimnisvolles Gesicht. »Seid ihr schon wach genug? Nimmst du deine Gitarre mit, Morlen?«

»Nö.« Morlen schob ihr Kinn vor.

»Wie, nö?« Maria zog wieder die Stirn kraus. Fritz krallte sich an ihrer Bluse fest.

»Nö, so wie du nö sagst, wenn ich wieder zu euch ziehen will.«

Marias Kiefer verspannte sich sichtbar. »Morlen, müssen wir das jetzt besprechen?«

»Nö. Aber in einem Haus, in dem ich nicht wirklich erwünscht bin, spiele ich auch nicht Gitarre.«

Maria schnappte nach Luft. »Also jetzt flippe ich gleich aus. Es ist Weihnachten.«

Morlen lachte bitter auf. »Das Fest der Liebe. So ein Fake.«

Ich sah augenblicklich in Marias Gesicht, dass Morlen zu weit gegangen war. Sie funkelte ihre Tochter an. »Wir sind eingeschneit, Simon hat das Essen verbockt, die Geschenke sind nicht angekommen, und jetzt schießt du auch noch quer. Reicht es nicht irgendwann?«

Morlen machte schmale Augen und wandte sich ab.

Hannes setzte sich auf und hob beschwichtigend die Hände. »Na, na, na, immer mit der Ruhe, ihr Lieben. Nichts, was sich nicht lösen ließe, oder?«

Offenbar hatte es einen Moment gedauert, bis Marias Worte zu Hannah durchdrangen, aber nun kreischte sie in die kurze Stille hinein: »Bringt der Weihnachtsmann keine Geschenke?«

In diesem Augenblick klingelte es erneut an der Tür. Hannah huschte blitzschnell aus dem Zimmer und rannte die Treppe hinunter.

Maria stand mit dem strampelten Fritz im Arm auf und verließ das Zimmer, ohne Morlen eines weiteren Blickes zu würdigen. Hannes und ich erhoben uns ebenfalls und folgten ihr.

»Mama?«, hörten wir da Hannahs hohe Stimme von der Tür.

»Was denn, Maus?« Maria hatte den oberen Treppenabsatz erreicht und sah leicht genervt zu ihr hinunter.

Hannah setzte mehrfach an, so aufgeregt war sie. Sie sah aus, als hätte sie ein Gespenst gesehen. »Mama,

Mama … vor der Tür … da steht der Weihnachtsmann.«

Jetzt hatte sie unsere ungeteilte Aufmerksamkeit.

»Der Weihnachtsmann?«, fragte Hannes.

Hannah riss weit die Augen auf und nickte heftig. »Er hat einen Bart und Taschen voller Geschenke.«

Morlen war die Erste, die die Treppe hinabeilte. Wir folgten ihr, so schnell wir konnten.

Vor der geöffneten Haustür befand sich tatsächlich ein Mann in schweren Winterstiefeln. Um ihn herum unzählige Taschen und Tüten. Je näher ich die eingeschneite Person vor Marias Haustür betrachtete, desto sicherer war ich, dass ich eine Erscheinung hatte. Aber da stand er wirklich. Eingemummelt in Schal und Mütze. An Heiligabend.

Mein Thies.

Morlen und Maria umarmten ihn bereits stürmisch. Dann traf sein Blick auf meinen. Glücksgefühle fluteten meinen ganzen Körper. Er war hier. Thies war wirklich hier. Ich drängelte mich zu ihm durch und warf mich in seine Arme.

Er lachte laut auf. Sekundenlang hielt ich ihn fest, dann zog ich ihn in den Hausflur.

»Wie um alles in der Welt bist du hierhergekommen?«

Er schnaubte. »Simon hat einen Kumpel bei der Reederei, der die kleinen Frachtschiffe für die Inselversorgung fährt. Die haben zum Glück noch eine letzte Tour gemacht und mich mitgenommen.« Seine Nase war rot vor Kälte. »Hast du ernsthaft gedacht, dass ich ohne dich Weihnachten feiern würde?« Er drückte mich fest an sich. Als er mich wieder losließ, betrachtete er interessiert mein Samtkleid: »Oh, du siehst … nicht sehr Anni-mäßig aus.« Er rieb sich über den Bart, in dem Tropfen von schmelzenden Schneeflocken hingen. »Aber wunderhübsch.«

Ich drehte mich zu den anderen um. Morlen und Maria strahlten uns an, ihr Streit und die ganze Wut schienen vergessen. Hannes klatschte in die knochigen Hände. Nur Hannah stand noch immer wie angewurzelt auf der untersten Treppenstufe.

»Papa«, schrie sie schließlich. »Paaaaapaaaaa! Anni liebt den Weihnachtsmann.«

Morlen war die Erste, die losprustete. Und bald konnten wir alle uns vor Lachen kaum noch halten.

Simon kam aus der Küche und pflückte Hannah, die noch immer misstrauisch dreinschaute, lachend von der Treppe. »Mausezahn, erkennst du ihn nicht?«

Thies zog seine Mütze vom Kopf.

Hannah staunte. »Du bist das!« So ganz schien sie der Sache aber noch immer nicht zu trauen.

Wir wischten uns die Lachtränen aus den Augen.

Simon schlug mit Thies ein und half ihm, die Taschen in den Flur zu tragen. »Hey, cool, dass es geklappt hat! Wie war die Fahrt?«

»Ein echtes Abenteuer durch die ganzen Eisschollen.« Thies hängte seinen Wintermantel auf. »Du hast echt was gut bei mir.«

Simon lachte verhalten. »Na ja, das löse ich direkt heute ein, glaube ich. Wir bräuchten hier jemanden, der ein bisschen gute Laune verbreitet. Es gab ein paar …« Er zwinkerte vielsagend. »Sagen wir … Lieferschwierigkeiten. Morlen und Maria haben Streit. Und ich hab die Gans vergeigt.«

Thies legte den Kopf schräg. »Also bei Letzterem kann ich helfen.« Er kramte in einer der Tüten und zog eine große Kastenbackform hervor. »Das muss für eine Stunde bei hundertachtzig Grad in den Ofen.«

Simon nickte anerkennend. »Also, Anni, wenn du ihn nicht heiratest, mach ich es.«

Simon und Thies verschwanden in der Küche, während Maria Morlen in versöhnlichem Ton bat, die Kleinen doch noch etwas abzulenken. Diesmal tat ihre große Tochter ihr ohne Widerworte den Gefallen. Maria zog Hannes beiseite und sagte, sie hätten noch kurz etwas zu besprechen. Dann hörte ich sie beide gemeinsam angeregt mit jemandem telefonieren.

Als sie ihr Gespräch beendet hatten, legten Maria, Hannes und ich die Päckchen unter den Baum. Die wenigen, die Maria aus dem Keller holte, die von Morlen und die, die Hannes und Thies mitgebracht hatten.

Kurz darauf gesellte sich Thies zu uns. »So, alles im Ofen, wir können loslegen. Simon ist bei den Kleinen, Morlen holt gerade die Gitarre.«

»Morlen holt die Gitarre?« Maria sah ihn erstaunt an.

»Ihm frisst sie aus der Hand«, erklärte ich ihr schulterzuckend.

Als wäre es völlig selbstverständlich, kam Morlen

mit ihrer Gitarre herein und setzte sich im Schneidersitz neben den Weihnachtsbaum. Hannes nahm die kleine Glocke vom Couchtisch und ließ sie klingeln. Und schon hörte ich die schnellen Schritte von Hannah auf der Treppe. Simon folgte ihr mit Fritz auf dem Arm ins Wohnzimmer, als Morlen gerade *Ihr Kinderlein kommet* anstimmte. Wir sangen alle gemeinsam, und die Kinder staunten über den schönen Baum und die Geschenke darunter.

Thies stand dicht neben mir und griff nach meiner Hand. Er war für mich hierhergekommen. Den ganzen weiten Weg. Trotz zugefrorener Nordsee. Durch Eis und Schnee. Ich drückte seine Hand und suchte seinen Blick. Er lächelte mich an, und mir wurde ganz warm, weil so viel Liebe in diesem Lächeln lag.

Danach gab es die Bescherung. Zuerst überreichte Morlen der zappeligen Hannah ein Paket. Ihre kleine Schwester zerriss ungeduldig das Papier. Die Katze, die Morlen und ich auf dem Weihnachtsmarkt besorgt hatten, kam zum Vorschein. Hannah drückte das hässliche Teil begeistert an sich.

Maria sah durch den Raum zu ihrer großen Tochter. Überraschung lag in ihrem Blick. Umso mehr, als Fritz sein Geschenk bekam und es mit Hilfe von Hannah und Simon auspackte. Mit leuchtenden Augen betrachtete er die Trommel, nahm einen der Sticks und schlug mit ganzer Kraft zu.

Als die beiden auch noch Hannes' Geschenke ausgepackt hatten – erste Reitstiefel für Hannah und ein Bilderbuch mit Geräuschen für Fritz –, waren sie selig.

Dass ihre anderen Geschenke fehlten, weil sie noch irgendwo auf der Ladefläche eines Paketzustellers auf dem Festland lagerten, fiel ihnen offensichtlich gar nicht auf.

Wir Erwachsenen beschlossen, unsere Geschenke nach dem Essen auszupacken.

Thies kontrollierte noch einmal den Ofen. »In einer halben Stunde müsste der Braten fertig sein«, verkündete er.

Wir hatten noch keine Chance gehabt, in Ruhe miteinander zu reden, und ich wurde zunehmend unruhig.

»Ihr macht es euch jetzt mal gemütlich«, sagte Maria, die mir das offenbar anmerkte. »Morlen und ich decken den Tisch.« Und schon verschwanden Mutter und Tochter in der Küche.

Ich wandte mich Thies zu. »Ich hab eine Idee.« Behutsam schob ich ihn in Richtung Garderobe. »Ich will unbedingt an den Strand. Ich war noch nie an Heiligabend am Meer.«

Wir sagten den anderen schnell Bescheid und machten uns auf den Weg. Draußen schlug uns die kalte Winterluft entgegen. Es schneite noch immer. Handschuh in Handschuh gingen wir die still daliegenden Straßen hinunter. Bis zu den Dünen, und dann zum Strand dahinter. Der gesamte Sand war überzogen von einer weißen Schicht. Weit und breit war kein Mensch zu sehen. Unsere Schritte hinterließen tiefe Spuren auf der bisher unberührten Fläche, als wir auf die Nordsee zuliefen. Da war wieder dieses Geräusch. Wellen, die Eisschollen auf den gefrorenen Sand schoben. Ich blickte nach oben. Dicke Flocken fielen vom dunklen Himmel. Und zu meinem Erstaunen entdeckte ich noch etwas über uns: Sterne. Zwischen den Wolken konnte ich sie funkeln sehen. Sterne und Schnee auf einmal. Wie wunderschön.

Ich drehte mich zu Thies, der mich anlächelte, und sagte: »Danke. Danke, dass du da bist. Dass du das alles auf dich genommen hast. Mit dem Frachtschiff durch die Eisschollen. Du spinnst doch.«

»Für dich tue ich alles.« Er zog mich in eine kurze Umarmung.

Meine Knie wurden weich. »Ich auch für dich. Also … fast alles.«

Thies legte den Kopf schräg und lachte. »Ach ja, fast alles?«

Ich lachte nicht mit, und schlagartig hörte auch er auf. »Was ist los?«

Mein Atem bildete kleine Wolken. »Ich denke seit unserem Gespräch ständig darüber nach. Was ich für dich tun würde und was nicht. Ich will nicht die Frau sein, die zwischen dir und deinem Lebenstraum steht.«

Er schüttelte etwas Schnee aus seinem Schal. »Ach, komm schon, so groß ist die Sache wirklich nicht. Ich hab's dir doch gesagt, ich hab nur eine kleine Sinnkrise. Ist wohl das Alter, das geht vorbei.«

»Ach, Thies! Du fragst dich, ob du die richtigen Entscheidungen getroffen hast. Ob das schon alles war. So klein klingt das für mich nicht.«

Thies massierte nachdenklich sein Kinn. »Du hast

recht, diese blöden Blutwerte haben mich ganz schön aus der Bahn geworfen.«

Hinter ihm sah ich das Lichtsignal des Leuchtturms über den Horizont huschen. »Das sag ich ja. Ich finde, wir müssen da noch mal drüber sprechen. Schließlich bin an einigen deiner bisherigen Entscheidungen auch ich schuld.«

Er sah mich verblüfft an. »Wovon redest du?«

»Von deinem Wunsch«, sagte ich leise. »Bei dieser Sache gibt es keine Kompromisse. Und ich liebe dich so sehr. Ich will, dass du alles bekommst, was du dir wünschst. Ich will doch, dass du glücklich bist.«

»Wie bitte?« Thies sah jetzt richtig besorgt aus. »Sagst du mir gerade an Heiligabend, dass du dich von mir trennst, damit ich meine Jugendträume nachholen kann?«

Irritiert hielt ich inne. »Jugendträume?«

»Ja, wovon sprichst du denn?«

»Ich dachte, ich dachte … Ich dachte, du willst eine Familie. Also … ein Baby.«

Er stöhnte laut auf. »Wie kommst du denn darauf?«

Ich stemmte die Hände in die Hüfte. »Du hast gesagt, als Billy und Morlen zu uns kamen … dass du dich da gefragt hast, ob du so was auch willst.«

Er schlug sich auf die Stirn. »Ich meinte nicht: eine Tochter wie Morlen.« Ein lautes Schnauben kam aus seinem Mund. »Ich meinte: noch mal so jung sein wie Morlen. Alles noch vor mir haben, noch alle Entscheidungen treffen, alle Wege gehen können.«

Er kam ein Stück näher und legte die Hände auf

meine Schultern. »Anni, es tut mir so leid! Ich sag ja, ich hab eine kleine Sinnkrise. Vielleicht brauche ich nur ein altes Auto, an dem ich rumschrauben kann, oder muss den Jakobsweg wandern. Oder du meldest mich beim nächsten Halbmarathon an.«

Unvermittelt musste ich lachen. Ganze Felsbrocken purzelten mir vom Herzen. »Wenn es nur das ist …« Ich beugte mich zu ihm.

Thies zog mich an sich. »Du hast mir echt einen Schrecken eingejagt. Wolltest du eben mit mir Schluss machen, damit ich mit einer anderen Frau Kinder bekommen kann?«

»Quatsch!«

»Was war das dann gerade?«

Ich wich seinem Blick aus. »Na ja. Ich wollte auf keinen Fall zwischen dir und deinem Lebenstraum stehen. Ich will doch, dass du glücklich bist. Und wenn dein Lebenstraum wäre, eine Familie zu haben …«

»Wir sind eine Familie.« Thies zog mich wieder an sich und küsste mich innig. »Du bist meine Familie, Anni.«

Tränen der Erleichterung schossen mir in die Augen. »Und dir fehlt nichts?«

Er küsste meine kalte Nase. »Ich finde es toll, hier zu sein mit den Kids. Aber noch lieber bin ich mit dir allein.« Er schüttelte ungläubig den Kopf. »Du wolltest gerade an Heiligabend mit mir Schluss machen.«

»So kann man das wirklich nicht sagen.« Ich stupste mit meiner Nase gegen seine. »Ich lass doch keinen Mann gehen, der für mich durch die Eisschollen fährt.«

Thies lachte und küsste mich erneut.

Hand in Hand gingen wir über den Strand zurück. Über uns funkelten die Sterne durch die herabfallenden Schneeflocken.

Als wir zurückkamen, war der Tisch festlich gedeckt, und es roch nach Rotkohl und Klößen. Hannah saß vor Fritz und zeigte ihm, wie er auf die Trommel hauen musste, damit es am lautesten knallte. Er strahlte seine große Schwester an. Morlen skypte mit ihrem Vater Jan, dessen Frau Alex und ihrer kleinen Schwester Lou, die in Düsseldorf feierten. Hannes und Maria hörte ich angeregt in der Küche miteinander reden. Simon trug gerade die ersten Töpfe auf.

»War es schön am Strand?«, fragte Maria, als sie ins Wohnzimmer kam.

Thies rieb sich die Hände. »Saukalt und sauschön.«

Simon und Maria schmunzelten sich auf eine Weise an, die ich nicht deuten konnte. Und dann erklang plötzlich eine Stimme, die ich unter Tausenden erkannt hätte.

»Hab ich jetzt etwa die Sprühsahne in der Pension stehen lassen?«

Da stand sie schon mitten im Raum. Mo.

Ich starrte erst sie, dann Thies an.

Der grinste breit. »Überraschung!«

»Wie … wo?« Ich war so perplex, dass mir die Worte fehlten.

Mo kam auf mich zu und drückte mich ruppig. »Unser Flieger wurde storniert, wir sollten einen Tag später nach Florida. Und dann wurde mir das alles zu heiß. Ich vertrag doch auch das Klima nicht so, wegen dem Kreislauf …«

»Warum habt ihr denn nichts gesagt?«

»Sei ehrlich, du wolltest nur nicht ohne die Kinder feiern.« Hinter Mo tauchte Dieter auf. »Wir wollten euch an Heiligabend überraschen.«

Thies legte einen Arm um meine Schulter. »Als ich gerade aus dem Haus wollte in Richtung Bahnhof, standen sie vor der Tür. Du hättest mein Gesicht sehen sollen! Da hab ich sie einfach mitgebracht.«

Dieter zwinkerte mir zu. »Wir haben dann noch eben in der Pension eingecheckt, Thies wollte dich überraschen.« Mir fiel auf, dass Dieter ein Hawaiihemd unter seinem Norwegerpullover trug, vermutlich eins von Mos berüchtigten Geschenken. »Ich sage dir, die Fahrt mit dem Boot war nicht ohne.«

Mo winkte theatralisch ab. »Da wären uns fast die Windbeutel wieder hochgekommen, die ich heute früh aufgetaut habe. Die wollten wir eigentlich zum Nachtisch mitbringen, aber wir hatten unterwegs Kohldampf.«

Ich biss mir auf die Innenseite meiner Wange.

Plötzlich musterte Mo mich interessiert. »Also Anni …« Sie legte anerkennend Daumen und Zeigefinger aneinander. »So fesch kenne ich dich ja gar nicht.«

»Ich finde sie auch besonders süß heute.« Thies schnappte sich grinsend seine Mutter und drückte sie, wogegen sie sich halbherzig sträubte. »Ich bin jedenfalls sehr froh, dass wir nun doch noch alle zusammen feiern.«

Thies ließ Mo los, stand kurz zögernd vor Dieter und umarmte dann auch diesen. Dieter sah mich über Thies' Schulter hinweg an und strahlte.

Thies' veganer Braten war der beste Weihnachtsbraten, den wir je gegessen hatten. Darin waren wir uns alle einig. Sogar Hannes und Dieter, für die ein Gericht ohne Fleisch eigentlich keine richtige Mahlzeit war, nahmen einen großen Nachschlag. Als wir aufgegessen hatten, kam Jonas vorbei und setzte sich zu uns. Morlen und er warfen sich immer wieder verstohlene Blicke zu.

»Wollen wir jetzt die übrigen Geschenke auspacken?«, fragte Maria, nachdem wir alle zusammen abgeräumt hatten, und mir fiel auf, dass sie dabei vor allem Hannes ansah.

Wir setzten uns alle um den Weihnachtsbaum.

»Wir machen das immer der Reihe nach, Opa Dieter und Oma Mo«, informierte Hannah die Neuankömmlinge.

Bei dieser Anrede zuckte meine Quasischwiegermutter kurz zusammen. »Papperlapapp! Dafür hab ich nicht die Geduld«, verkündete sie.

Hannah wollte protestieren, aber da holte Mo bereits Pakete unter dem Baum hervor und verteilte sie in der Runde. Sie hatte für uns alle Flipflops in schrillen Farbkombinationen mitgebracht, vermutlich noch schnell im Internet bestellt, weil sie sie ja nicht in Florida hatte kaufen können. Hannah war beim Anblick ihrer neongelben Zehensandalen, die neonpinke Flamingos zierten, sofort wieder versöhnt. Für mich hatte Mo glücklicherweise ein Paar in einem verhältnismäßig tragbaren Türkis ausgesucht. Thies bekam sein Weihnachtsgeld von ihr wie jedes Jahr in einem Umschlag, den ein paar Farbklekse zierten.

»Aber nicht für das Sportgerät ausgeben«, sagte Mo mit erhobenem Zeigefinger. »Gönn dir was Schönes, mein Junge.«

Thies schüttelte lachend den Kopf. »Ich schau mal, Mama, ich brauche noch einen neuen Blender für grüne Smoothies.«

Ich konnte Mo ansehen, dass sie keine Ahnung hatte, wovon ihr Sohn sprach, aber bereits einen Rosé-Sekt zu viel getrunken hatte, um sich darum zu scheren. »Wie auch immer, frohe Weihnachten, ihr Lieben!«

Wir stießen miteinander an und packten die restlichen Geschenke aus.

Von Thies bekam ich eine Kette mit einer kleinen silbernen Muschel als Anhänger. Er freute sich über die Wollsocken und den Sparschäler, ohne zu ahnen, dass das richtige Geschenk – die neue Kaffeemühle – noch in Bremen lag. Simon war begeistert von der Sheabutter und Hannes und Dieter von dem Kartenspiel. Mo wickelte sich direkt den Seidenschal um ihr lilafarbenes Kleid. Simon schenkte Maria einen sexy geschnittenen neuen Bikini, was Morlen zu heftigem Augenrollen veranlasste.

In einem der letzten Päckchen war der Gitarrenengel vom Weihnachtsmarkt. Morlen fiel es sichtlich schwer hinzusehen, als ihre Mutter ihn auspackte. Maria wickelte ihn aus dem Papier und betrachtete ihn lange. Dann zog sie ihre Tochter an sich und drückte sie fest. Morlen ließ es geschehen.

»Den hätte Oma wunderschön gefunden«, sagte Maria in Morlens Haar hinein. »Das ist das wunderbarste Geschenk von allen. Danke dir, mein Schatz!«

Ich schluckte meine Rührung hinunter, als Morlen sich schließlich der Umarmung ihrer Mutter entwand und Thies und mich ansah. »Ihr habt mein Geschenk ja noch gar nicht aufgemacht.«

Sie deutete auf ein hübsch verpacktes Paket, das mir bekannt vorkam. Stimmt, das hatte gestern neben meinen Stiften und ihrer Nachricht auf dem Schreibtisch im Gästezimmer gelegen.

»Wir wollten es erst heute auspacken.« Thies nahm es hoch.

Gespannt sah ich ihm über die Schulter, als er das Papier aufriss. Darin waren zwei Schürzen eingewickelt. Auf einer stand: *Für den besten Koch der Welt.* Auf der anderen: *Für die Frau, die der beste Koch der Welt liebt.*

»Nichts gegen dich«, sagte Morlen zu Simon, der gespielt schmollend die Arme vor der Brust verschränkte.

»Die sind der Wahnsinn!«, staunte ich. »Wo hast du die denn her?«

»Was draufsteht, hab ich mir ausgedacht.« Morlens Wangen glühten vor Stolz, als Jonas sich die Schürzen mit anerkennendem Nicken ansah. »Bedruckt hat sie der Copyshop bei euch um die Ecke.«

Thies war schon auf dem Weg zu ihr und zog sie gemeinsam mit mir in eine Umarmung. »Vielen Dank!«, sagte er. »Ich werde sie täglich tragen. Wenn du versprichst, ganz oft zum Essen zu kommen.«

Morlen nickte lächelnd.

Jetzt lagen nur noch zwei Umschläge unter dem Baum. Es war Simon, der sie aufhob und rief: »Die sind beide für dich, Morli!«

Morlen nahm sie ihm ab und öffnete den ersten Umschlag. Darin war ein Brief, geschrieben auf einem Papier, das aussah wie von meinem bunten Schreibblock zu Hause. Auch die Schrift kannte ich gut. Sie las ihn konzentriert. Dann verzog sich ihr Gesicht zu einem Strahlen. Sie blickte zu Thies. Er strahlte zurück.

»Lies vor, was ist das?« Mo schwenkte ungeduldig den Rosé-Sekt in ihrem Kelch.

Morlen faltete das Papier wieder zusammen. »Sorry, aber ist ein Geheimnis.«

Maria, die an Morlen herangerobbt war, grummelte. »Menno, alle haben immer Geheimnisse hier.«

Morlen griff nach dem nächsten Umschlag, der etwas dicker war. Sie machte ihn auf und fasste hinein. Zum Vorschein kam ein Schlüsselanhänger mit bunten Pompons, der so ähnlich aussah wie die von Maria und den Kindern selbst gebastelten Christbaumanhänger. Daran hingen zwei Schlüssel. Maria zwinkerte mir mit bedeutungsschwangerem Blick zu.

Morlen sah fragend auf.

»Einer ist von mir«, sagte Maria mit belegter Stimme.

»Der andere von mir«, fügte Hannes hinzu.

Maria schluckte hörbar. »Einer ist unser Hausschlüssel, der andere der von Opa. Dann kannst du frei entscheiden, wo du gerade sein willst.«

Morlen öffnete erstaunt den Mund.

»Wir haben lange diskutiert, während du bei Anni warst. Papa, Simon, Alex und ich.« Maria wischte sich eine Träne aus dem Augenwinkel. »Und vorhin habe ich noch mal mit Opa gesprochen und auch mit Jan. Wir sind zu dem Ergebnis gekommen, dass … Wenn du wieder hier wohnen willst, dann darfst du das jederzeit, mein Schatz. Nichts würde mich mehr freuen. Mich und alle anderen hier auch.«

Mehrere Sekunden verstrichen, in denen Morlen ihre Mutter ungläubig anstarrte. Dann schlug sie sich die Hand vor den Mund und begann zu weinen.

Simon und Maria sprangen gleichzeitig auf und liefen zu ihr. Sie hockten sich neben sie auf den Boden und umarmten sie von beiden Seiten. Hannes kam hinzu und stöhnte leicht, als er sich zu den anderen setzte. Hannah krabbelte auf Morlens Schoß. Sogar Fritz robbte heran. Ein Knäuel aus Liebe, dachte ich und blickte zu Thies. Er hatte diesen Ausdruck auf seinem Gesicht. Diese Mischung aus Rührung und Belustigung, die ich so an ihm liebte.

Ich beugte mich zu ihm und flüsterte: »Frohe Weihnachten!« Dann sog ich seinen wunderbaren Thies-Geruch ein und küsste ihn zärtlich.

»Frohe Weihnachten!«, flüsterte er zurück und rieb seine Nase an meiner.

»Was stand in deinem Brief an Morlen?«

Er lachte leise. »Das Tierheim hat heute Mittag noch mal angerufen. Billy ist aus seinem Wurf abgehauen, die Besitzer haben ihn auf den Fotos erkannt. Sie haben sowieso ein Zuhause für ihn gesucht, weil sie nicht alle Kätzchen behalten können. Er gehört jetzt offiziell Morlen. Simon hat gesagt, das geht klar.«

»Simon weiß also von Billy?«

»Klar, er hat die beiden ja im Wohnwagen gefunden.«

Ich nickte anerkennend.

Das Familienknäuel am Boden entknotete sich mühsam.

Morlen stand auf und knibbelte etwas verlegen an ihren frisch schwarz lackierten Fingernägeln. Dabei bemerkte ich, dass sie ein neues Armband trug. Wenn mich nicht alles täuschte, stand *Dünenmaus* darauf. »Eine Überraschung gibt es noch«, verkündete sie und warf zuerst Hannes, dann Thies und schließlich Simon einen vielsagenden Blick zu.

Hannes schnappte sich daraufhin Fiete, der zu seinen Füßen schlief, und nahm ihn auf den Schoß.

Morlen verließ den Raum und kam mit etwas Pelzigem auf dem Arm wieder zurück. Billy. Sie setzte ihn behutsam auf den Wohnzimmerboden. Fiete begann auf Hannes' Schoß zu fiepen. Der kleine Kater sah sich neugierig um und steuerte dann auf Hannah zu.

Zum zweiten Mal an diesem Tag sah die Kleine aus, als hätte sie ein Gespenst gesehen. Sie streichelte ihm über den Rücken und sagte: »Hat dich auch der Weihnachtsmann gebracht?«

»Das ist Billy«, sagte Morlen. »Er gehört jetzt zu unserer Familie. Ich meine: Darf er auch hier wohnen, Mama?«

»Aber natürlich!«, rief Maria begeistert.

Simon zuckte mit den Schultern. »Sag ich doch, Morli. Wenn sie ihn erst mal sieht, sagt sie sofort Ja.«

Maria riss empört den Mund auf. Ich konnte ihr ansehen, wie nach und nach zu ihr durchdrang, dass alle Bescheid gewusst hatten außer ihr. Sie knuffte Simon in die Seite, woraufhin er sie sich schnappte und ihr einen festen Schmatzer auf den Mund drückte.

»So, es gibt Nachtisch. Dieter hat gebacken, das Früchtebrot hat die Fahrt einigermaßen überlebt.« Mo kam mit einem Tablett aus der Küche. »Zum Glück hab ich auch die Sprühsahne wiedergefunden.« Als sie die Katze sah, verzog sie verzückt das Gesicht. »Na, wen haben wir denn da?«

Thies grinste mich an, wobei sich charmante Lachfältchen um seine Augen bildeten. Ich erwiderte seinen Blick, und mit einem Mal strahlte alles an mir vor Glück.

Morlen hatte sich wieder ihre Gitarre geschnappt und spielte leise *All I Want for Christmas Is You*. Ihre größten Fans Hannes und Jonas hingen an ihren Lippen. Mo stellte das Früchtebrot, das beim Schneiden ziemlich zerbröckelt war, auf dem Couchtisch ab, und begann mit Dieter zu tanzen. Hannah und Fritz saßen staunend vor Billy, der mit den Pfoten Fritz' Drumstick über den Holzboden schob. Fiete schnupperte interessiert an seinem kleinen Hinterteil. Maria und

Simon betrachteten aneinandergekuschelt und selig lächelnd die Szene. Neben mir schmunzelte Thies in sich hinein.

Ich schob meine kleine Hand in seine große und beugte mich zu ihm. »Wenn Weihnachten vorbei ist, machen wir eine lange Liste mit allem, was du glaubst, verpasst zu haben.«

Er machte den Mund auf und setzte an, etwas zu sagen, aber ich legte einen Finger auf seine Lippen.

»Und dann arbeiten wir sie nach und nach ab«, sagte ich leise und hörte mir selbst staunend dabei zu. »Sogar, wenn draufsteht, dass du ein Katzenbaby großziehen willst.«

ANNIS ADVENTSKALENDER

1. DEZEMBER

EINE UMARMUNG IST WIE
LAMETTA FÜR DIE SEELE.

2. DEZEMBER

WEIHNACHTSLICHTER

DAS BRAUCHST DU:

- alte gereinigte Marmeladen- oder Senfgläser
- Sprühlack in deiner Lieblingsfarbe, matt und wasserfest
- Klebefolie
- Schere
- Blumendraht
- Zange
- Teelichter

SO BASTELST DU DEINE WINDLICHTER:

1. Aus der Klebefolie Sternchen (oder andere Formen wie einen Weihnachtsbaum) in verschiedenen Größen ausschneiden.
2. Die Foliensternchen außen auf die heiß abgewaschenen und gut getrockneten Gläser kleben.
3. Die beklebten Gläser mit der Öffnung nach unten auf altes Zeitungspapier stellen. Dann nach Packungsanweisung gleichmäßig rundherum mit dem Sprühlack ansprühen. Gut trocknen lassen.
4. Wenn der Lack komplett getrocknet ist, die Klebesternchen vorsichtig entfernen.
5. Blumendraht rings um den Glashals wickeln und die Enden verknoten. Ein weiteres Stück Blumendraht an zwei gegenüberliegenden Stellen darunterfädeln und daraus einen Henkel formen, an dem man die Windlichter aufhängen kann.
6. Teelichter hineinstellen und anzünden.

3. DEZEMBER

THIES' WEIHNACHTSTEE

DAS BRAUCHST DU FÜR ZWEI KLEINE VORRATSGLÄSER:

- 2 Bio-Orangen
- 2 Bio-Äpfel
- 1 Stange Zimt
- 2 Sternanis
- 1 EL Nelken
- 1 Vanilleschote
- 1 EL Rosinen
- 5 EL loser schwarzer oder Rooibos-Tee

SO MACHST DU DEINE TEEMISCHUNG:

1. Orangen und Äpfel schälen, die Schalen in kleine Stücke schneiden und bei 70 Grad im Backofen für 1,5 Stunden trocknen.
2. Zimtstange, Anissterne und Nelken in einem Mörser zerstoßen. Vanilleschote und Rosinen in kleine Stücke schneiden.
3. Alle Zutaten in einer Schüssel vermischen und zur Aufbewahrung in Gläser füllen.
4. Mit kochendem Wasser aufgießen und 3 bis 4 Minuten ziehen lassen.

JEDER SCHNEEMANN
BEGINNT MIT
EINER Flocke.

5. DEZEMBER

CRANBERRYPUNSCH

DAS BRAUCHST DU FÜR ZWEI TASSEN:

- 500 ml Cranberrysaft
- 1 Zimtstange
- 5 Nelken
- 20 g Vanillezucker
- 1 Handvoll Cranberrys
- Saft einer Orange
- Evtl. pro Glas 6 cl Rum

SO BEREITEST DU DEN PUNSCH ZU:

1. Den Cranberrysaft mit Zimtstange, Nelken, Vanillezucker, Orangensaft und Cranberrys in einen Topf geben und erhitzen.
2. Einmal kurz aufkochen und fünf Minuten ziehen lassen.
3. Anschließend die Zimtstange und die Nelken rausnehmen und den Cranberrypunsch in Tassen füllen.
4. Wer es mit Schuss mag, gibt noch einen Schluck Rum hinzu.

6. DEZEMBER

MORLENS WEIHNACHTSKARTEN

DAS BRAUCHST DU:

- Postkarten aus Tonkarton
- Kupfergarn
- Holzperlen
- Eine spitze Stricknadel
- Sternsticker
- Schere
- Bleistift
- Geodreieck oder Lineal

SO BASTELST DU DEINE WEIHNACHTSKARTEN:

1. Mit einem Geodreieck oder Lineal vorne auf der Karte acht Linien mit einheitlichem Abstand zueinander abmessen und ihre Anfangs- und Endpunkte mit dem Bleistift markieren. Mit der obersten kurzen Linie (ca. 2 cm) anfangen und mit der breitesten unten (ca. 8 cm) enden.
2. Mit der Stricknadel die 16 vorgezeichneten Löcher durchstechen.
3. Acht Kupfergarnfäden zurechtschneiden (geht auch mit anderem Garn oder Wolle), die etwas länger sind als die Linien. An einem Ende einen Knoten machen und jeweils von hinten durch die Löcher fädeln. Nun die Holzperlen aufziehen, auf der anderen Seite durchs Loch fädeln und an der Kartenrückseite einen Knoten machen.
4. An die Spitze der Tanne den Sternsticker kleben und unter den Baum noch einen Weihnachtsgruß schreiben.

MERRY XMAS

7. DEZEMBER

Die schönsten
Geschenke
macht dein

8. DEZEMBER

WEIHNACHTSSCHMUCK AUS BIENENWABEN

DAS BRAUCHST DU:

- Bienenwachsplatten
- Ausstechformen (z. B. Stern, Tannenbaum, Glocke)
- Farbigen Zwirn oder Dekogarn
- Feste glatte Unterlage (z. B. Schneidebrett)

SO BASTELST DU DEINEN WEIHNACHTSSCHMUCK:

1. Lege die Wachsplatten auf deine Unterlage und steche (wie bei Plätzchen) mit etwas Druck die Formen aus: immer zwei von einer Sorte.
2. Schneide den Zwirn in ca. 30 cm lange Stücke. Bilde aus den Fadenstücken eine Schlaufe und verknote die Enden.
3. Nun platzierst du jeweils eine Fadenschlaufe mittig auf einer ausgestochenen Wachsform, sodass der Knoten unten herausschaut und die Schlaufe oben.
4. Lege das entsprechende Gegenstück darauf und drücke es vorsichtig an, bis die beiden Hälften zusammenkleben und der Faden fixiert ist.

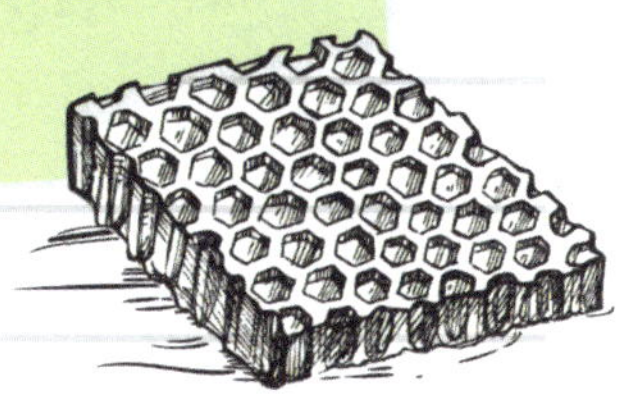

9. DEZEMBER

keine Zimtsterne

sind auch keine Lösung

10. DEZEMBER

THIES' ZIMTSTERNE

DAS BRAUCHST DU:

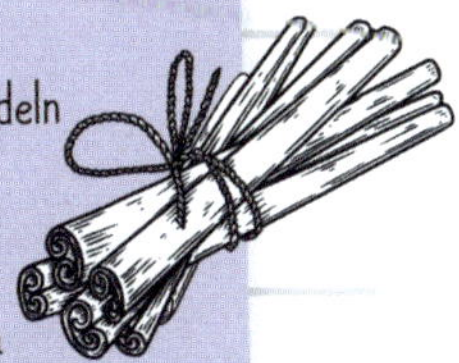

- 400 g gemahlene Mandeln
- 250 g Puderzucker
- 1 Prise Zimt
- 2 Eiweiß
- 2 EL Amaretto-Aroma
- 1 Päckchen Vanillezucker
- Frischhaltefolie
- Etwas Weizenmehl
- Backpapier
- Ausstecher in Sternenform
- 125 g Puderzucker
- 1 Eiweiß

SO BACKST DU DEINE ZIMTSTERNE:

1. Mandeln, Puderzucker und Zimt miteinander vermischen. Eiweiß hinzugeben und mit Amaretto-Aroma und Vanillezucker verquirlen.
2. Teig in Frischhaltefolie wickeln und 30 Minuten in den Kühlschrank stellen. Ofen auf 180 Grad Ober-/Unterhitze vorheizen.
3. Arbeitsfläche mit Mehl bestreuen und den Teig etwa 5 mm dick ausrollen. Sterne ausstechen und auf ein mit Backpapier belegtes Blech legen.
4. Für die Glasur Puderzucker und Eiweiß steif schlagen. Die Glasur vorsichtig auf den Sternen verteilen.
5. 10 bis 15 Minuten backen. Vollständig auskühlen lassen und dann in einer Dose lagern.

MORLENS UND ANNIS WEIHNACHTS-PLAYLIST

Mariah Carey – All I Want for Christmas Is You
Justin Bieber – Mistletoe
Sierra Ferrell – Jingle Bell Rock
Billy Mack – Christmas is all Around
Michael Bublé – The Christmas Sweater
Backstreet Boys – It's Christmas Time Again
Jonas Brothers – Like it's Christmas
Norah Jones – A Holiday With You
Kelly Clarkson – Christmas Isn't Canceled (Just You)
Coldplay – Christmas Lights
George Ezra – White Christmas
Sia – Snowman
Sam Smith – Have Yourself A Merry Little Christmas
Alessia Cara – Make It To Christmas
Shawn Mendes & Camila Cabello – The Christmas Song
Celeste – A Little Love
Mabel – Loneliest Time of Year
Elvis Presley – Blue Christmas
Emily Hall – Last Christmas
Taylor Swift – Christmases When You Were Mine
Ava Max – Christmas Without You
Meghan Trainor – I'll Be Home
Lukas Graham – HERE (For Christmas)
Sigrid – Home To You (This Christmas)
Callum Beattie – It's Christmas
Gary Barlow – The Dream of Christmas
Robbie Williams – Best Christmas Ever
Ed Sheeran & Elton John – Merry Christmas

12. DEZEMBER

DER
SCHÖNSTE
Weihnachtsbaum
wurde mit
DEM BREITESTEN
Lächeln
geschmückt.

13. DEZEMBER

MARIAS CHRISTBAUMSCHMUCK MIT POMPONS

DAS BRAUCHST DU ZUM BASTELN:

- Zapfen, Eicheln, Kastanien oder Nüsse
- Selbst gewickelte oder aus dem Bastelbedarf gekaufte Pompons von ca. 30 mm Durchmesser
- Holzperlen
- Hübsches Garn oder Faden
- Goldfolie
- Heißklebepistole und -kleber
- Schere
- Akkuschrauber mit dünnem Bohrer
- Extradicke Nähnadel

SO BASTELST DU DEINEN CHRISTBAUMSCHMUCK:

1. Durchbohre mit dem Akkuschrauber vorsichtig die Eicheln, Nüsse und Kastanien. Die Tannenzapfen bohrst du oben am Stiel nur an.
2. Lege ein ca. 20 cm langes Stück Garn in der Mitte zusammen und klebe die Enden mit Heißkleber in das Loch im Zapfen. Bei Eichel & Co ziehst du das Garn mit einer Nadel durch das Loch und machst unten einen dicken Knoten.
3. Fädele in beliebiger Reihenfolge Pompons, Holzperlen und ausgeschnittene Kreise oder Sterne aus Goldfolie auf.
4. An Tannenzweigen oder am Baum aufhängen – oder als Schlüsselanhänger verwenden.

14. DEZEMBER

LICHTER
leuchten
heller
im Team

15. DEZEMBER

WALNUSSKERZENSCHIFFCHEN

DAS BRAUCHST DU:

- Walnüsse
- Kerzendocht
- Wachsreste (Bienenwachs sieht schön aus und riecht gut)
- Zahnstocher
- Taschenmesser
- Einen alten Topf mit Ausgießtülle (Es geht auch mit einer leeren, gesäuberten Blechdose. Wenn du den Rand an einer Stelle zusammendrückst, ist das Ausgießen leichter.)
- Ggf. eine Schüssel oder einen tiefen Teller mit Sand

SO BASTELST DU DEINE KERZENSCHIFFCHEN:

1. Öffne die Walnüsse, indem du das Taschenmesser mit der Spitze an der Naht in der Mitte der Nuss ansetzt. Schiebe vorsichtig die Klinge zwischen die Nusshälften und hebele die Schale auf.
2. Löse die Walnusskerne aus der Schale, du kannst sie z. B. zum Backen oder für Konfekt verwenden. Platziere die Schalen mit leichtem Druck in einer mit Sand gefüllten Schüssel, sodass sie gerade stehen. (Du kannst die Walnussschalen natürlich auch gegen ein Buch o. Ä. lehnen, Hauptsache, sie kippen nicht zur Seite.)
3. Schneide den Docht in ca. 2 cm lange Stücke.
4. Bringe vorsichtig die Wachsreste zum Schmelzen. Erhitze dazu im Wasserbad den Topf oder die Dose mit dem Wachs.
5. Gieße das flüssige Wachs in die Nussschalen. Wenn die Wachsoberfläche matt wird, steckst du mithilfe des Zahnstochers den Docht mittig in das noch weiche Wachs und lässt deine Kerzen anschließend aushärten.

16. DEZEMBER

DIETERS FRÜCHTEBROT

DAS BRAUCHST DU:

- 750 g geschälte und grob gehobelte Äpfel
- 250 g Zucker
- 1 TL Zimt
- 2 TL Kakao
- ½ Päckchen Lebkuchengewürz
- Abgeriebene Schale einer halben Zitrone
- 65 ml Rum
- 150 g Rosinen
- 150 g Feigen
- 100 g ganze Haselnüsse
- Jeweils 50 g Zitronat und Orangeat
- 600 g Mehl
- 1 Päckchen Backpulver

SO EINFACH GEHT ES:

1. Mische alle Zutaten – außer Mehl und Backpulver – in einer großen Schüssel und lasse die Masse über Nacht ziehen.
2. Am nächsten Tag gießt du die überschüssige Flüssigkeit ab, siebst Mehl und Backpulver über die Früchtemischung und knetest den Teig gründlich durch. Sollte der Teig zu klebrig sein, kannst du mehr Mehl oder gemahlene Nüsse zugeben. Ist die Mischung zu trocken, gib noch etwas Apfel- oder Birnensaft dazu.
3. Forme 2 bis 3 Laibe und platziere sie mit etwas Abstand auf einem mit Backpapier ausgelegten Backblech.
4. Bei 170 Grad (Umluft) im vorgeheizten Backofen für 40 bis 50 Minuten backen.
5. Schmeckt pur oder mit Butter bestrichen (oder mit Sprühsahne).

17. DEZEMBER

Es gibt
IMMER
einen Grund
ZU
TANZEN.

Zur Not muss man einen erfinden.

18. DEZEMBER

GLITZERSTERN

DAS BRAUCHST DU:
- Stoffrest (ca. 15 cm x 30 cm)
- Pailletten
- Füllmaterial (z. B. Watte)
- Schere, Stecknadeln, Nadel, Faden
- Nylonfaden zum Aufhängen

SO NÄHST DU DEINEN GLITZERSTERN:
1. Falte den Stoff einmal in der Mitte zu einem Quadrat und fixiere die beiden Stofflagen an den Rändern und in der Mitte mit Stecknadeln.
2. Zeichne einen Stern (Durchmesser von Spitze zu Spitze 15 cm) auf den Stoff (ggf. hilft dir eine Schablone aus Papier oder Pappe) und schneide ihn aus. Zieh die Stecknadeln heraus und zeichne bei beiden Sternen am Rand ca. 1 cm Nahtzugabe ein.
3. Nun bestickst du beide Stoffstücke möglichst dicht mit Pailletten, lass dabei die Nahtzugabe frei.
4. Lege die Sterne mit der Paillettenseite aufeinander und nähe sie zusammen, lass am Schluss ca. 5 cm offen.
5. Drehe den Stern auf rechts, fülle ihn mit Watte und schließe die Lücke in der Naht.
6. Hänge deinen Glitzerstern an einem langen Nylonfaden ans Fenster oder an die Decke und lass das Zimmer in den schönsten Farben funkeln.

19. DEZEMBER

WALNUSS-MARZIPAN-KONFEKT

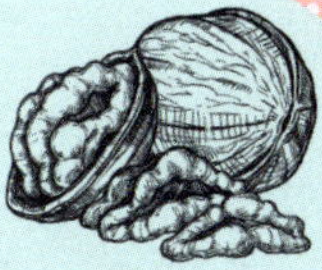

DAS BRAUCHST DU:
- 60 Walnusshälften (ca. 150 g)
- 150 g Marzipanrohmasse
- ca. 75 g Puderzucker (gesiebt)
- 100 g Scholokadenkuvertüre
(je nach Geschmack Zartbitter- oder Vollmilchschokolade)

SO ZAUBERST DU DEIN KONFEKT:
1. Verknete die Marzipanrohmasse mit dem gesiebten Puderzucker zu einer homogenen Masse.
2. Forme daraus kleine Kugeln (ca. 1,5 bis 2 cm Durchmesser, je nachdem wie groß die Walnüsse sind).
3. Lege immer eine Marzipankugel zwischen zwei Walnusshälften und drücke diese sanft an, bis sie zusammenkleben.
4. Bringe die Kuvertüre im Wasserbad zum Schmelzen, tauche dann deine Pralinen jeweils zur Hälfte in die Schokolade.
5. Stelle dein Walnuss-Marzipan-Konfekt kühl, bis die Kuvertüre getrocknet ist.

20. DEZEMBER

Das Glück ist wie ein Eiskristall.
Je mehr Licht du darauf wirfst,
desto heller funkelt es.

21. DEZEMBER

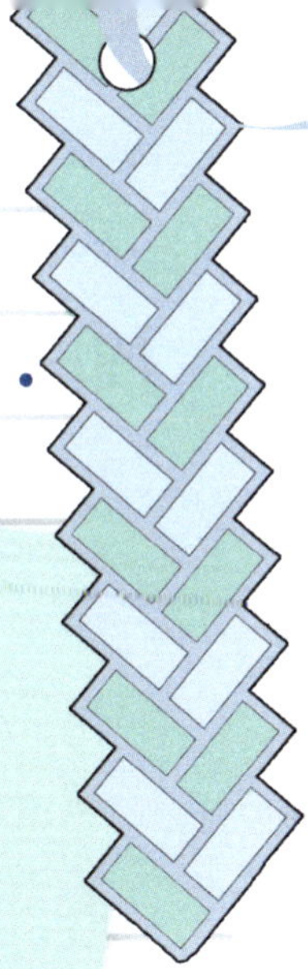

GEFLOCHTENES LESEZEICHEN

DAS BRAUCHST DU:

- 2 DIN-A4-Blätter in verschiedenen Farben
- Lineal
- Schere und Klebstoff
- Locher
- Geschenkband

SO FLECHTEST DU DEIN LESEZEICHEN:

1. Schneide von beiden Blättern längs zwei 1 cm breite Streifen ab.
2. Lege zwei gleichfarbige Streifen im rechten Winkel zueinander und klebe die Enden zusammen. Anschließend klebst du je einen der beiden andersfarbigen Streifen neben und unter die ersten Streifen.
3. Zum Flechten faltest du den oberen Streifen einer Farbe nach unten und den anderen zur Seite. Dasselbe machst du mit den beiden Streifen der anderen Farbe – so lange, bis du fast am Ende der Papierstreifen angekommen bist.
4. Klebe die Streifen am Ende aneinander und schneide das übrige Papier ab.
5. Mache ein Loch in dein Lesezeichen, fädele Geschenkband hindurch und verknote die Enden des Bandes.

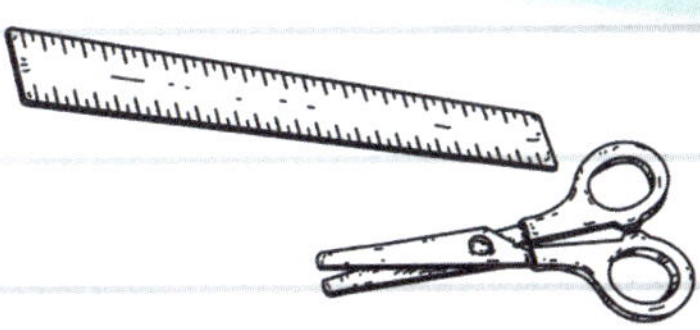

22. DEZEMBER

MARIAS HÄNGENDER WEIHNACHTSBAUM

DAS BRAUCHST DU:

- Holzstöcke oder Treibholz
- Gartenschere oder Säge (je nach Dicke der Stöcke)
- Dekostücke deiner Wahl, z. B. Christbaumschmuck, Filzsterne oder Tannenzapfen
- Starke Schnur oder Gummiband

SO BASTELST DU DEINEN HÄNGENDEN BAUM:

1. Die Äste oder das Treibholz mit der Gartenschere oder Säge so zurechtschneiden, dass du damit die Pyramidenform eines Weihnachtsbaumes legen kannst.
2. Zwei Schnüre zurechtschneiden und an beiden Seiten um die Stockenden wickeln. Von unten anfangen, bis sich beide Schnüre am oberen Ende treffen. Dort miteinander verknoten.
3. Aufhängen und nach Lust und Laune schmücken.

23. DEZEMBER

MANCHE
Schnee-Engel
KÖNNEN
fliegen

24. DEZEMBER

THIES' VEGANER WEIHNACHTSBRATEN

DAS BRAUCHST DU:

- 200 g gegarte Maroni
- 200 g Champions
- 200 g gegarte braune Linsen
- 100 g Pekannüsse
- 100 g kernige Haferflocken
- 1 mittelgroße rote Zwiebel, angebraten
- 1 mittelgroße Möhre
- 2 EL Leinsamen oder Ciasamen
- 1 EL Sojasoße
- 1 EL dunkle Misopaste
- 2 EL Kräuter der Provence (getrocknet)
- 2 EL frische Petersilie
- ½ TL geräuchertes Paprikapulver
- 1 kleines Glas Preiselbeeren

SO BEREITEST DU DEN BRATEN ZU:

1. Ofen auf 180 Grad Umluft vorheizen.
2. Alle Zutaten bis auf die Preiselbeeren in einer großen Schüssel vermengen. Dann nach und nach mit der Küchenmaschine fein zerkleinern, bis eine teigige Masse entsteht.
3. Alles noch einmal gut vermischen und den Teig in eine mit Backpapier ausgekleidete Kastenform geben. 35 Minuten backen.
4. Preiselbeeren auf den Braten geben und für weitere 20 Minuten backen.
5. Vor dem Schneiden 10 Minuten in der Form auskühlen lassen. Als Beilagen passen Kartoffelbrei, Klöße, Spätzle, Rotkohl oder Rosenkohl.

Annis illustrierte Weihnachtssprüche
gibt es als Postkarten oder Poster zu bestellen unter:
www.hausnr26.de

LIEBE LESER*INNEN,

mein erster Roman »Sterne sieht man nur im Dunkeln« wird für mich immer ein ganz besonderer bleiben. Deswegen war es ein echtes Geschenk für mich, beim Schreiben von »Sterne glitzern auch im Schnee« in Annis und Thies' Bremer Häuschen zurückkehren zu können, zu schauen, wie es ihnen und ihrer Familie ergangen ist, und mit ihnen gemeinsam liebe alte Bekannte auf Norderney zu besuchen.

Dieses Buch ist aber nicht in erster Linie ein Geschenk für mich, sondern vor allem ein Dankeschön an euch. Ich habe es für euch da draußen geschrieben, denen »Sterne sieht man nur im Dunkeln« etwas bedeutet. Die mich haben wissen lassen, dass sie Annis Geschichte lieben, dass sie sie berührt hat, dass sie sich in ihr wiedergefunden haben. Die nach Norderney gereist sind, weil der Schauplatz im Buch sie dazu inspiriert hat. Die sich Annis Sprüche, von Renata Wolff so wunderschön gestaltet, an die Wände hängen. Die seitdem jedes meiner Bücher lesen und mir schreiben, dass sie sich schon wieder aufs nächste freuen.

Diese kleine Weihnachtsgeschichte ist für euch. Ich hoffe, sie hat euch Freude bereitet. Ich danke euch von Herzen, dass ihr mich nun schon so lange auf meinem Weg begleitet.

Alles Liebe und eine wundervolle Weihnachtszeit wünscht euch

Mieke Werkmeister

PLATZ FÜR EIGENE NOTIZEN